白寿の記憶

小倉敬子
Ogura Keiko

幻冬舎
MC

目次

がんばれ、新人添乗員

最初からやばい！

昭和四十四年春。真知子は、F旅行社に就職した。就職先は、大学三年生の夏、ライアーズクラブの交換学生で二か月余りアメリカに滞在したときにお世話になった旅行社である。会社は、大阪駅からほど近いビルの五階にある。自宅から四十分ほどという立地も気に入っている。社員の半数は女性。しかも英語が話せて、英文タイプもお手のもの。外大卒業の人は、中国語、スペイン語、ドイツ語、インドネシア語などを話す者もいる。仕事内容も給料も男女平等で、実力主義を旨とする会社だ。社員は、いずれ研修や添乗で海外に行けるというのも魅力的であった。まだまだ四年制大学卒業の女性が社会で働ける場が少なかった時代だから、当時としては結構時代の先端を走っている企業だったといえる。

真知子は、毎日、新しいことを覚えるのに一生懸命だったが、充実した日々を過ごしていた。

ちょうど梅雨にかかる時期に入った頃のことである。

「山田さん、ちょっと、会議室に来てくれるか」

課長からの呼び出しである。入社三か月の真知子にとって、呼び出されるほどの失敗はしていない。というか、失敗するような仕事は任されていない。何事かと思い会議室に行くと、支店長まで座っている。

「山田さん、仕事はどうですか、少しは慣れましたか」と支店長。にこやかな顔をしているところを見ると、どうやら叱られるのではないらしい。

「はい、毎日新しいことを覚えるのに忙しいですが、とても面白いです」

「ところで、あなたは、学生時代アメリカに行っていますよね」

「はい、支店長もご存じの通り、昨年の夏にはS市の交換学生でカリフォルニア州のバークレーに、大学三年の夏には、Lクラブの交換学生として二か月間カリフォルニアでホームステイをしたあと、アメリカ一周旅行に参加しました。そのときは、田中係長が添乗員でした」真知子は、カッコ良かった田中添乗員の姿を思い出しながら答えた。

「実は、山田さんが行った交換学生のツアーが今年もあり、あなたにはホームステイ後の二週間のツアーの添乗に行ってもらうことになりました。まあ、多くの先輩を差し置いて指名することには賛否両論ありましたが、現在社内の女性でこのような大型ツアーに行った経験のある人はいないので、それなら経験のある山田さんに行ってもらおうということになったのです。もちろん一人ではありません、一台のバスに二名の添乗員が乗ります。山田さんは、私とペアになってもらいます」と、支店長。

真知子は入社時に、いずれ添乗に出てもらうが、先輩社員がまだ行っていないので早くて来年になると聞かされていた。この添乗は異例の抜擢であった。

「ただし、このことは、出発する前月までは黙っていてください。他の社員が気を悪くするかもしれないからね」と課長。

「分かりました。足手まといにならないよう、がんばりたいと思います。支店長よろしくお願いいたします」


数日後、先輩に東南アジアのビザ申請に関する書類の書き方を教えてもらおうとしたところ、「山田さん、先輩を差し置いて添乗に出るぐらいの人なんだから、こんな書類簡単よね。自分で作りなさいよ」とふくれっ面で言われた。なんだか皆がよそよそしい。あのことは社内でヒミツのはずだったのに、どうやらどこかから漏れたらしい。これでは仕事もできないと途方に暮れていると、田中係長が小さい声で言った。

「誰かが皆に話したようだ。さっき対策を練ったから。今年中にこれまで海外に出ていない女性社員を全員何らかの形で出すようにする。今、研修の話がいくつか来ている。多少無理をしてでも皆をはめ込むから、しばらく我慢してくれ」

「はい分かりました。大丈夫です」

その後も相変わらずのいじわるが続き、仕事ははかどらなかった。確かに入社早々の新人が夏に添乗なんて、先輩から見れば許せないに違いない。その気持ちも分かる。真知子はそう思って、なるべく気にしないように努めた。


次の週、研修旅行と添乗予定の発表があった。

「今年度の研修旅行に参加する人が決まりましたので、発表します。三田さんは八月にグアムでのツアー研修、森さんは十一月にハワイでホテルの研修、安藤さんは十二月にタイの旅行社の招待です。まだ研修等に行っていない方も来年度に研修、または添乗に行っていただきます。それぞれ目的や内容、期間は違いますが、出張扱いですので大いに勉強してきてください。行くまでに、主催者側から旅程や研修内容などの資料が来ますので、事前に準備して有意義な研修になるようにしていただきたいと思います」

呼ばれた社員はにこにこ顔である。

「それから、夏の添乗員が決まりましたので併せて発表します。アメリカ二週間は支店長と山田さん、谷山さんと石井さん。また、九月のハワイは昨年研修に行った江口さんです。今後も決まり次第発表しますので、よろしくお願いします」

「山田さん、初めての添乗おめでとう。がんばってね」と、三田さん。数日前にはぶすっとして目も合わせてくれなかったのに、コロッと変身している。田中係長を見ると、ほらね、とばかりにウインクで返してきた。これで仕事もやりやすくなるだろう。実際、その後は誰に手続きのことを聞いても丁寧に教えてくれ、ほっとした。しかし、同じツアーの別のバスに乗る二年先輩の谷山は「大体、入社数か月で添乗に出すなんて会社も無謀なことするなあ。まあ、お手並み拝見と行きましょうかね」と、ニヒルな笑いを浮かべた。

初めての添乗

八月中旬になった。いよいよ出発が迫ってきた。真知子は、訪問先の都市の下調べに余念がない。前に訪れたところとはいえ、客の立場と添乗員では全く違う。年配の方のツアーではなく、英語が話せる学生たちが多いとはいうものの、こちらも現地ガイドがいなくても観光案内ができるくらいの知識は詰め込んでおかねばならない。市内地図もだいたい頭に入れてある。学生時代から人前で話すことには慣れているので市内観光時に現地ガイドがつかなくても何とかこなす自信はあるが、他のことは初めての経験である。ホテルとの交渉、空港での手続き、トラブルの解決方法など事細かに係長から教えてもらい知識としては頭に入っているものの、実際に現場で臨機応変に対応できるかどうか、不安が心をよぎる。

　通常の添乗は、日本から顧客と一緒に出発し、帰国まで同行する。しかし今回は、七月からアメリカのカリフォルニア州とテキサス州で分散してホームステイをしている学生と現地で合流し、アメリカ国内数か所の都市を二週間旅行することになっている。集合場所のサンフランシスコには谷山と石井、ダラスには支店長と真知子が行く。四人は東京から出発するが、それぞれ二人そろって同じ飛行機で行くわけではない。これは、万が一事故があったときでも一人は業務に就けるということも考慮してのことである。旅行社には、航空会社が用意する安いチケットが何枚かあるため、それを使って現地入りする。

　真知子はロスの空港のホテルで一泊し、翌日ダラスへ入った。すでに支店長は到着し、真知子が来るのを待っていた。

「やあ、お疲れ様。今日の午後、遠隔地にホームステイしている学生が全員空港に到着したら、空港近くのホテルで一泊します。明日、空港でダラス近郊にホームステイしている学生と合流しシカゴに行く。いよいよ添乗開始だよ。よろしく頼みますよ」

「分かりました。こちらこそ、よろしくお願いいたします」

空港には、テキサス州で学生たちを受け入れたL団体の役員が集まり、テキサス州各地からダラスに集まってくる学生のチェックをしている。そろそろ最後の便が着く頃だ。

「さあ、オースチンからのフライトが着いたようだね。迎えに行こう」

「これが最後のフライトですね。全員そろったらバスに案内します」

いよいよ添乗員としての仕事が始まった。

「皆さんこんにちは、今日から皆さんとご一緒する添乗員の山田です。では荷物を持って、あちらに停まっているバスに乗ってください。正面にL交換学生と貼ってあります。それから、乗車前にスーツケースをバスのドライバーに渡してください。下にあるトランクに入れてくれますから」

学生たちは、順次スーツケースをゴロゴロひっぱりながらバスに向かった。一か月ぶりの再会に話が弾んでいる。羽田で見送ったときよりも、皆心なしか逞しくなったようである。一人でアメリカ人家庭に一か月滞在するのだから、言葉の面でも、習慣の面でも戸惑ったことも多かったに違いない。

バスの中で人数を確認していく。三十名全員が乗り込んだ。

間もなくバスは空港のロータリーをぐるっと回り、宿泊先のホテルへと向かった。

真知子はマイクを手に取り、運転席の横に立った。

「あらためましてごあいさつさせていただきます。今日からテキサス組の添乗をいたします山田真知子です。もう一人は、当社の大阪支店長の松井です。出発前にも羽田空港でお会いしていますので覚えていただいてるとは思いますが、これから二週間皆さんとご一緒しますので、よろしくお願いいたします」

パチパチパチと拍手が起こる。

「ダラスでホームステイしている八名は、明日出発便に合わせてホストファミリーが空港まで送ってきますので、合計三十八名となります。では、只今より空港近郊のホテルに移動します。到着後はホテルにチェックインし、午後六時に夕食となります。その後は、大きな会議室を取ってありますので、そこでおくつろぎください」


ホテルは空港から十五分のところにあった。周りには数軒の商店やレストランがあるだけである。ほとんどの宿泊客は乗継便の調整のために泊まるため、翌朝出発するのに便利というのが売りである。バスがホテルの前に着いた。運転手が座席下にある大きなハッチを開けて、皆が下りてくるのを待ち構えている。

「では、順に下りてください。下でスーツケースを取って、ホテルのロビーでお待ちください」

出発のときより荷物が増えている人もいるようだ。これからのツアーの間にも土産などを買うので、もっと荷物が増えるだろう。忘れ物がないように気をつけなきゃと思いながら、真知子は車内を点検し、ドライバーに挨拶をすると、皆が待つホテルのロビーに向かった。ロビーでは、支店長が既に部屋のカギを渡し始めていた。

「山田さん、バスの方は大丈夫でしたか」

「はい、忘れ物はありませんでした。まあ、初日ですから皆さん気をつけているのだと思います」

全員がほぼカギを受け取ったのを確認し、真知子は移動の案内を始めた。

「皆さん、のちほどボーイさんがスーツケースを部屋に持って行きますから、自分のスーツケースに部屋番号を書いたタグが付いているかを確認して、手荷物だけ持って部屋に行ってください。なお、夕食は六時からですので、少し前に二階のレストラン入口にお集まりください。ルームキーを見せれば席に案内してくれます。

学生たちはタグを確認したあと、エレベーターでそれぞれの部屋に向かった。

真知子はロビーのコンシェルジュにスーツケースを運ぶように頼んでから、二階のレストランに打ち合わせに行った。支店長は、ボーイがスーツケースをすべて運び終わるまでそのままロビーに残っている。

「こんにちは。Ｆツーリストです。今日の夕食と明日の朝食の予約確認に伺いました」

「いらっしゃいませ。はい伺っております。夕食は窓際にお席を準備していいます。また、明日の朝食はバイキングになっております。いずれもお客様のルームキーを見せていただければお席にご案内いたします」

「ありがとうございます。ではのちほど伺います」

真知子がロビーに戻ると、支店長が待っていた。

「ご苦労さん、レストランの確認ありがとう」

「明日の朝食はバイキングだそうですよ」

「だいたい朝食はバイキングになると思いますね。アメリカの食事は量が多いので、バイキングだと調整できるので助かります。じゃあ、部屋に行って荷物を入れますかね」と言いながら、支店長はカギを渡してくれた。部屋は五階だ。支店長は七階らしい。部屋に着くと、すでにスーツケースが部屋の前に置かれていた。前まで運んでくれるから楽である。鍵を開けて部屋に入る。添乗員は、通常一人でもツインルームを準備してもらえるのでゆったりとできるのがよい。部屋の内装は特に豪華ではないが、ベッド、デスク、テレビ、冷蔵庫と一通りのものはそろっている。

少し休憩したあと、二階のレストランに向かう。カギを提示したら案内してくれることになっているが、添乗員は入り口で皆が来るのを待つのが常識。人より早く来て、遅く帰る、早く起きて遅く寝るという毎日がこれから二週間続くのである。

十分前になると、何人かがレストラン前にやってきた。

「そろそろ入ってもよろしいでしょうか」

「はい大丈夫ですよ、カギを見せてからね」

「分かりました」

六時過ぎには全員が集まり、予定通り夕食が始まった。真知子と松井も皆と共に席に着いた。一応コースメニューであるので、料理は順に運ばれてくる。今日のメインメニューはチキンのグリルだ。サイドメニューもどっさりあり、皆、満足そうである。デザートになった頃、全員に、食事のあと、八時に隣の集会室に集まるように告げる。

夕食後、集会室で翌日の予定を説明する。

「明日は、七時から八時の間に夕食と同じ二階のレストランで朝食を取ってください。バイキングですので、食べすぎないよう注意してくださいね。それから、朝食に来る前に、スーツケースはカギをかけて部屋の外に出しておいてください。ボーイが取りに来てロビーに運びますから」

「質問よいですか」

「はいどうぞ」

「もしスーツケース出し忘れたらどうなりますか」

「その場合は、自分でロビーまで降ろすことになります。それから、自分のスーツケースがあるのを確認してからバスに乗ってくださいね。もしなかったら部屋の前に残っている可能性がありますので、ボーイに取りに行かせますから」

「分かりました。忘れないようにします」

「では、十一時まではこの部屋を使えますので自由に歓談ください。もうおなかがいっぱいだとは思いますが、あちらに飲み物とクッキーが置いてありますので、ご自由に召し上がってください。なお、私も松井もここにおりますので、質問等がありましたらいつでも伺います。早く部屋に帰って寝たい方はもちろんお部屋に行っていただいて結構ですよ」

ほとんどのメンバーは、飲み物片手に話が弾んでいたが、一時間ほどたつと、三々五々部屋に戻っていった。

別ルートの谷山たちは、明日、カリフォルニア州でホームステイした学生を連れて、シカゴに来ることになっている。こちらも、明日の午前中の便でダラス空港からシカゴに向かい、ヒルトンホテルで合流だ。アメリカ旅行はそこから約二週間。シカゴ、ナイアガラ、ニューヨーク、フィラデルフィア、ワシントン、ロサンジェルス、そして最後はハワイをめぐる。

日本は国内での時差がないが、アメリカは東西で五時間ほどの時差がある広い国だ。サンフランシスコやロサンジェルスに代表される開放的な西海岸もいいが、アメリカ各地の主要な都市を回るのは多民族国家の現状や歴史風土の違いなどを知る貴重な機会である。訪問先の中でもフィラデルフィアは、アメリカ合衆国誕生の地であり、真知子のお気に入りの場所の一つである。真知子は、ガイドブックを手に取りながら、前回訪れたときのことを懐かしく思い出していた。市内には合衆国となった最初の十三州が並んだデザインの国旗が作られたベッツィ・ロスの家や、独立記念館、自由の鐘など、当時の人々が苦労しながらも明るい未来を夢見て国づくりをしていた心意気を感じる場所がたくさんある。レンガ造りの建物が並ぶ街並みは、何かほっとする雰囲気を醸し出している。木々の間からは優しい日差しが降り注ぎ、さわやかな風がほほをそっと撫でる。ここでは、忙しく時代の先端を走るニューヨークなどの都会とは全く違い、人々の生活がゆっくりと流れているのが感じられる。

真知子にとって今回のコースは、二年前とほとんど同じ場所を回るので気が楽だ。初めての場所は、このダラスだけだ。添乗員としては初仕事であるので、もちろんガイドブックや地図は持ってきている。やはり多少は緊張している気がする。十一時になって全員部屋に戻ったようなので、真知子と松井も部屋に戻ることにした。

「では、明日またよろしく」

「はい、おやすみなさい」

エレベーターを降り、じゅうたんが敷かれた廊下を歩く。鍵を開けて部屋に入ると、ベッドに座った。ようやく一日が終わった。まだ集まっただけであるが、長い一日だった気がする。明日からがんばろうと自分に言い聞かせた。

真知子はモーニングコールを頼むと、シャワーを浴び、明日の準備に取りかかった。チケットの確認、明日のタイムテーブルの確認などを済ませ、とにかく寝ることにした。明日からいよいよ本番だと思うと、気持ちが高ぶってなかなか眠れない。しばらく旅行案内書を読んでいたが、やはり疲れていたのだろう、そのうち眠ってしまった。


「ビービー」電話のベルだ。ベッドから起き上がり、受話器を取る。

「はい」

「おはようございます。モーニングコールです。六時です」

「ありがとうございました」

早速起き上がって着替えをし、手早く洗面、化粧を済ませる。七時から朝食だから、六時五十分には食堂前に行っている必要がある。スーツケースに鍵をかけ、部屋の前に出し、名簿、カギなどを持って食堂に向かった。外はすでに明るく、今日も暑くなりそうな気配だ。


レストラン前には、数人が並んで待っていた。一応七時からだったが、中が混んでいないので、予定より早く入ることができた。別の団体が入っているときは、こうはいかない。初日からラッキーだ。

支店長が下りてきた。

「おはようございます。お食事、先にしてください」

「そうですか。では、お先に。終わったら交代しますから」

「あと数人ですから、多分大丈夫です。確認しましたら私も中に入ります」

添乗中はゆっくり食事を楽しむことはできない。食事中も時間を気にしながら絶えず顧客の状況を見ている。まあ、朝のバイキングでは問題はないだろうが。

真知子は昼食が十分食べられなくてもよいように、朝食をしっかり食べることにした。デニッシュ、スクランブルエッグ、ソーセージ、それにサラダとコーヒー。胃が丈夫でないため、コーヒーは薄いアメリカンにした。松井はパンの代わりにシリアルを選んでいる。学生たちの中にはお代わりをしているものもいるようだ。食事が終わったメンバーは早々に部屋に戻って行った。

「私達も一旦部屋に戻りますかね。では九時半にロビーで会いましょう」

「分かりました。では、のちほど」

真知子は部屋に戻り、少し休憩したあと、手荷物をまとめるとエレベーターでロビーへ向かった。しばらく待っていると支店長が下りてきた。

ホテルの玄関を出たところには、朝食中に集められたスーツケースが並べられている。

「すみません、スーツケースは全員の分降ろしてありますか」

「はい大丈夫です」

ボーイはにこやかに答えた。

松井は会計で支払いをしている。といっても現金を払うわけではない。いわゆるバウチャーという小切手みたいなものを渡すだけである。宿泊費以外の電話代などの追加請求がある場合は、別途本人が現金で支払うことになる。

集合時間になると、学生たちが続々と集まってきた。全員分のカギを回収してカウンターへ持って行くと、ボーイが部屋割り一覧と照らし合わせて確認を行い、しばらくすると「はい、大丈夫です。良いご旅行を」とにこやかな笑顔で見送ってくれた。

カウンターから戻ると、支店長がやってきた。

「山田さん、バスが来たみたいですよ。順次乗せていきましょうか」

「そうですね。では案内いたします」

「皆さん、空港行きのバスが外に来ていますのでご乗車ください。なお、乗車前にバスの横で自分のスーツケースがあるか確認ください」

全員乗車も終わり、いよいよ空港に出発だ。

「皆さん、改めましておはようございます。今日のバイキングはいかがでしたか」

「とても美味しかった。でも、ちょっと食べすぎたかな」

「わたしも」

皆、にこにこしながら答えてくれる。

「では、これから空港に向かいます。空港に着きましたらチェックインカウンターにご案内しますので、寄り道しないでついて来てくださいね。これからは集団行動ですので、一人が約束を守らないと皆が迷惑します。お互い気をつけるようにしてください。では、空港までゆっくりおくつろぎください」

まだ午前中だというのに気温はすでに30度を上回っている。窓からの強い日差しをよけるため真知子はバッグからサングラスを出してかけた。一瞬視界がセピア色に変わる。これだけで何となく涼しく感じるのだから人間の感覚は不思議だ。

ダラスに来たのは初めてだが、ここは、ケネディ大統領がパレード中に銃撃されたことで一躍有名になった街である。確かテレビで海外からの中継が始まってすぐの事件だったから、連日のようにケネディ暗殺事件が取り上げられ多くの日本人がそのシーンを目の当たりにし衝撃を受けたのを思い出す。英語が好きでいつかアメリカに行きたいと思っていた真知子にとって、この事件は自由の国といわれるアメリカにもいろんな面があることを考えさせるきっかけになった。このツアーに参加した学生は、ホームステイ中にきっとこの事件のことを聞いたことだろう。

平坦な土地のあちこちに低い建物や灌木が見え隠れする中をバスは空港に向かって走っていく。前方には空港から発着する飛行機の姿が見える。

二十分後空港に着いた。

「では、私についてカウンターまでお願いします」

支店長はバスの前で、スーツケースの降ろし忘れがないか確認している。

チェックインカウンターで全員のチケットを渡し、搭乗券をもらう。また、バゲージタッグを皆に配布する。出発まで三十分ある。

「皆さん、二十分後にここに集合してください。遅れないようにお願いします」

空港ロビーには、ダラスでホームステイしたメンバーが集まっていた。

真知子は学生が集まっているところに行き、案内を始めた。

「ダラス発の皆さんはこちらに集まってください。チェックインする荷物とハンドキャリーを分けて申告してください。また、航空券も手に持って並んでくださいね。

ダラスからの学生は八名だ。皆、大きなスーツケースを持って並んでいる。ホストファミリーも見送りにきて、別れを惜しんでいる。カウンターでは順にチェックインが進み、全員終了。

「皆さん、搭乗券を手に持ってください。それから、機内持ち込みのバッグなどにはカウンターでもらったタグをつけてください。足りない人、もらっていない人はいませんか」

「すみません、二個あるのに一つしかもらわなかったです」

「分かりました、すぐにもらってきますね」

急いでカウンターからもらい、本人に渡す。

「搭乗時間まであと二十分ですので、十分後にここに集まってください。遅れるとおいていくことになりますから気をつけてください」

ダラス組は、残り少ない時間を見送りのホストファミリーと名残惜しげに過ごしている。


出発十分前に全員集合し、搭乗口に向かった。機内はあまり混んでいないようである。シカゴまで三時間。途中で機内食を食べるので効率が良い。とにかく、無事シカゴへ向けて出発できた。添乗員にとっては機内が唯一の休息の場。しばらく仮眠をとることにした。今日のフライトはコンチネンタル。サービスはまあまあだが、食事は結構良いといわれているので楽しみでもある。

シカゴ到着

「皆様、間もなくシカゴ・オヘア空港に到着いたします。シートベルトを着用ください」

とのアナウンス。窓の外には田園風景が続く。機体が降下し始めた。滑走路がグングン近づいてくる。ドーンとランディングの衝撃が伝わる。いつもランディングのときは少し緊張する。「バンザーイ」と言いながら手をたたいている学生もいた。機内からタラップを降りると、空港ターミナルまではバスに乗る。普通のバスではなく、床が低い長方形である。ターミナルに着くと、荷物が出てくるまでしばらく待たされる。ベルトコンベアで運ばれ、スーツケースが出てきた。

「皆さん、自分のスーツケースを取って、出口を出たところで集まってください」

ほぼ全員、海外旅行は初めてのためスーツケースも新品である。しかもほとんどが、サンナイトのものである。しっかりした作りで壊れにくいと定評があるからだろう。真知子のスーツケースもサンナイトだが、三回目の利用のため少し色があせ、凹みもあるが、まだまだ使える。


空港からバスに乗り出発。

「では、これから、今日泊まるホテルに向かいます。ホテルにチェックインした後、皆さんを受け入れてくださったライアーズの本部を表敬訪問しますので、スーツなど正式な服装に着替えて、ロビーにお集まりください」

このライアーズ本部には真知子も二年前に訪れている。日本とアメリカそれぞれの会員の家庭に学生たちがホームステイするので、互いの本部に表敬訪問することになっている。本部といってもライアーズの旗が飾ってあってお偉いさんがいるだけで、学生にとってはたいして興味がないところではあるが、ここで写真を撮って、帰国後それぞれの父親の所属するライアーズクラブに持参するのである。大人のメンバーであっても世界大会などでアメリカに来ない限り、この本部に来ることはまれであるから、まあ、儀式としては悪くないかもしれない。

8月半ばで気温も35度近くあり、じりじりと太陽が照り付け暑いのだが、湿度が少ないのでカラッとしているのが救いである。男はスーツ、女はスーツやワンピースのいでたちでバスに乗り、ライアーズ本部があるビルに向かった。

玄関前には、モザイクタイルが敷き詰められた広々としたスペースがある。皆、ふざけることもなく神妙な面持ちでビルに入り、エレベーターで本部事務所のある十五階へ。本部では役員数人が出迎えてくれた。

「やあ、よくいらっしゃいました。テキサスでのホームステイはいかがでしたか」とにこやかに話しかけてきた。緊張していた学生たちもほっとしたような様子である。

前列にいた大橋さんが「はい、とてもよかったです。英語も少し上達した気がします」と言うと、横にいた岸本さんは「食事が多いので、少し太ってしまいました。でも美味しかったです」と続けて答えた。

このように、学生たちは臆することなく役員たちとなごやかに言葉を交わしている。これもホームステイでの効果であろう。アメリカでは日本のように以心伝心の世界でないため、自分の意見を言うことが一番大事である。たとえ一か月であっても一人でホームステイをするには、何でも積極的に関わっていくことが必要だ。学生たちはそれを身をもって経験したに違いない。

真知子も二年前のカリフォルニアでのホームステイ中は、積極的に近所の住人とも交流した。話すことで心が通じる経験もした。あるとき近所のおばあさんが「私は日本がずっと嫌いでした。というのは、息子が太平洋戦争で日本軍に殺されたからです。でも、今あなたと会って、世代が変わっているのにいつまでも恨んでいたらお互いのためではないと思ったの。だって、あなたと話していたら楽しいんですもの。これからは若い人たちの時代ですものね。若い人たちはこれまでの歴史を踏まえて、良い関係を続けていただきたいわ。あなたと話せてよかった、ありがとう」

国と国との外交はもちろん必要だが、私たち一人一人が心の交流をし、理解し合うことが、平和な世界を作るために一番大切なことだと実感したのであった。

表敬訪問が終わると学生たちもほっとした様子で、ビルの前の広場でそれぞれ気の合う者同士で記念写真を撮っていた。しばらくして、バスは再びホテルへと向かった。

「皆さん、お疲れ様でした。一応表敬訪問も終わりましたので、明日からは旅行を楽しんでくださいね。服装もラフで結構です。夕食までにはカリフォルニアからのメンバーも到着しますので、今夜は合同で交流会を準備しています。通常のレストランではなく、特別会場を準備していますので楽しみにしていてくださいね」

するとと学生の一人が「あのう。交流会って、歌ったり、楽器演奏したりできますか。何人か楽器を持っているので、演奏したいんですが」と尋ねてきた。

「宴会場ですから大丈夫ですよ。何か良い案はありますか」

「今から声をかけて相談してみます。中身はあとのお楽しみということで」

そう言うと、学生はめぼしいメンバーたちに声をかけ、相談し始めた。

サンフランシスコを出たメンバーも、昼にはシカゴについているはずである。テキサス組同様、機内食を食べ、午後は市内観光をして、夕方にホテルへ入ることになっている。明日はテキサス組が午前中市内観光で、サンフランシスコ組がライアーズ本部を訪問する。午後には合同で市内の大学を見学したのち、次の訪問地であるバッファローに向かうことになっていた。

谷山たちシカゴへ

夕方、カリフォルニア組がホテルに到着した。

「やあ、どうですか。まだ始まったばかりだから問題ないと思いますが」と谷山。

「はい、おかげ様で。何とかやっています」

「夕食は、交流会だそうだけど、予定はどうなっているの」

「一応、席は決めてあります。それから、学生たちが楽器の演奏と歌を披露したいと言っていますので、良いアトラクションになると思います。そちらからも何かありましたら出していただければと思います」

「そうだな、みんなに聞いてみるよ」

「アトラクションの前に少し自己紹介も入れて親睦を深めるようにしたいと思いますが、よいでしょうか」

「いいね。君、新人のくせになかなかやるじゃないか」

フロントの方から支店長の松井がやってきた。

「やあ、谷山さん、それから石井さんお疲れ様です。今日の予定は山田さんから聞いてもらいましたかね」

「はい、いろんな趣向もあるようで驚いています」

「添乗の仕事はほとんど山田さんにお任せですよ。分業の必要があるときは私も手伝いますがね。まあ、新人とは思えない添乗ぶりです。ははは。さあ、夕食は六時半からにしてありますから、それまでゆっくりしてください。ではのちほど」松井はそう言うと、エレベーターの方に向かって歩き出した。

「じゃ、僕たちも部屋に行きますか」

「そうですね、では、六時すぎには宴会場の方に行くようにします」


六時半前にはメンバーが集まってきた。

「カリフォルニア組は右、テキサス組は左に座ってくださいね」

全員が座ったところで松井が挨拶をした。

「みなさん、こんばんは。今日は、カリフォルニア組とテキサス組の初めての顔合わせの日でもあります。中には同じ県出身で知っている方がいるかもしれませんが、一応皆さんに自己紹介をしていただきたいと思います。また、のちほど何人かがアトラクションを準備してくれているそうです。もちろん飛び入りも大丈夫です。その前に、まずは乾杯といきましょう。二十歳以上の方はのちほどアルコールを頼んでもよいですが、乾杯はジュースでお願いします。これからの旅行が皆さんにとって楽しいものでありますことを祈って、乾杯！」

「乾杯！」

前菜を食べ終わると、順に簡単な自己紹介をしていくことになった。人数が多いため、名前と出身地及び滞在先を紹介するのに留めたが、それでも結構時間がかかった。食事の中盤からは、学生たち有志の演奏などが入り和やかな交流会となった。

「僕たちは、フォークソングを演奏し歌います。ジョン・バエズ、ブラザーズ・フォーなど皆さんも知っていると思いますので、一緒に歌ってくださいね」

皆うなずき、演奏に合わせて口ずさんでいる。真知子もフォークソングブーム世代の一人として学生時代はギター片手にフォークソングを歌っていたので、皆と一緒に歌い始めた。

「次は、ジャズです。トランペットやトロンボーンで演奏します。一曲目はサッチモの『ハロー・ドーリー！』です。手拍子しながら体を揺らしてもらうとやる気倍増しますのでご協力ください」

会場は音楽に合わせて手拍子とスイングでノリノリである。支店長の松井も得意のピアノ演奏をするようだ。松井のピアノはセミプロ級で素晴らしいと定評がある。そういえばサンフランシスコ組の添乗員谷山は、学生時代グリークラブの一員としてアメリカ公演に来た経験があると聞いている。

「谷山さん、グリークラブで歌ってらっしゃったのですから一曲歌いませんか」

「何言ってんだよ。グリークラブは男声合唱団だよ。一人で歌う声楽家ではないから無理に決まっているじゃないか」何にも知らないんだなという顔つきであしらわれてしまった。

そのあとも学生たちは次々と舞台に上がり、演奏や手品などが続いた。

添乗はまだ始まったばかりだが、真知子は明日からの毎日が何とかやっていけそうだと思えた。

翌日は市内観光。シカゴは、映画でもよく出てくる街であり、日本人にも名前はよく知られている。アメリカの中央部に位置し、商業の中心でもある。高層ビルも少しずつ建てられており、古い街並みの中にニョキニョキと首を出している。中でも有名なのは、トウモロコシの粒のように窓が並ぶ円筒形の建物で通称コーンコブ（トウモロコシの穂先）と呼ばれていて、絵葉書になるほど人気がある。市内には広い公園があり、人々が木陰に座り、子どもたちを遊ばせているのもゆとりを感じさせる。また、東京の山手線のようなループという環状線が走っていて移動するのにもとても便利である。ただ、環状線の内側は比較的安全であり多くの観光客でにぎわっているが、外側には車の窓を決して開けて走ってはいけないといわれる危険な地域もあるので注意が必要である。

スーツケースはどこだ

シカゴで二泊したのち、いよいよナイアガラ見学のためバッファローへ向かう。バスが空港に到着すると、学生たちは自分のスーツケースを見つけて空港内の搭乗カウンターに移動していった。そろそろ終わりだなと思っていたとき、一人の男子学生が不安げな顔をして近づいてきた。

「あのう、僕のスーツケースがありません」

「えっ、でも乗るときに確認したでしょ」

「いえ、実は、絶対にあると思って確認せずに乗ったのです」

「何ですって」

真知子は急いでバスに戻った。運転手がトランクを閉じるところだった。「すみません。スーツケース一つ残っていませんでしたか」息をハーハーさせながら真知子が尋ねるとドライバーは、「残ってないよ。ほら、自分で確認してみたらいいよ」

確かに中は空っぽである。ということは、ホテルで積んでないことになる。出発時トランクの前に並んでいたスーツケースは全部入れたのを確認したから間違いないはずなんだけど。部屋から降ろし忘れたのかな。頭の中で出発前の状況を順に振り返るがどこでなくなったか分からない。顔から冷や汗がツーっと頬を流れるのが分かったが、拭いている余裕はなかった。落ち着いてもう一度最初から考えよう。本人はあると思って確認せずバスに乗ったと言っていた。私は全部載せるのを見た。でもそのときスーツケースの数を確認したか、そうだ本人たちが自分のスーツケースを確認しているから大丈夫だと思いダブルチェックはしていなかった。自分のミスだ。基本が抜けている。スーツケースが残ってないのを確認すると、その足で支店長の松井のところに報告に行った。松井はカウンターで搭乗手続きを始めていた。

「支店長、すみません。伊藤さんのスーツケースがありません」

「何だって。乗る前に確認していなかったのか。君は、最後にスーツケースの数を数えましたか」

「いえ、本人が確認しているので大丈夫だと思ったもので」

「添乗員は、本人の確認のあともきちんとスーツケースの数を数えるのが当然でしょう。仕方がない。本人の名前、部屋番号、スーツケースのメーカー名や色を確認したらすぐホテルに電話して、スーツケースが残ってないか確認しなさい」

「はい、分かりました」

真知子は初めてのミスに真っ青になりながらも、ホテルに電話で問い合わせた。幸い、ロビーの片隅に伊藤のスーツケースが残っていた。

「支店長、ロビーにありました」

「そうか、とにかく紛失してなくてよかった。今からすぐ伊藤さんと一緒に夕クシーでホテルに戻り、取ってきなさい。そうだ。この便に間に合わないことも考えられるので、二人のチケットを渡しておきます。我々は予定通りバッファローに行きますので、あとの便を探して追いかけてきなさい。ホテルは分かっているね」

「はい、大丈夫です」

真知子は急いで伊藤のところに戻り、スーツケースが見つかったことを話し、伊藤とともにタクシーでホテルに戻った。

無事にスーツケースがあったからよかったものの、もしなくなっていたらお客様の楽しい旅を台無しにするところだった。添乗員の仕事は、何につけても確認を怠ってはならないというのが鉄則だ。ダラスで問題なかったから大丈夫だろうと思ったことが、無意識のうちに気のゆるみになっていたのだろう。真知子は明日からは絶対確認、確認の基本を忘れないようにしようと気持ちを引き締めた。お客様や上司に対してはしっかりとした顔で接してはいるものの、新人であるが故の不安や心配が常に心に渦巻いている。「毎日が勉強だ、がんばれ真知子」と自分にはっぱをかける。

ホテルのコンシェルジェからスーツケースを受け取ると急いで空港に向かったが、予定の便は既に滑走路に出ており、乗ることはできなかった。

予約を取っているわけではないので空席を探すことになる。同じ航空会社であるとも限らない。なるべく早い便を見つけるしかない。直行便がなければどこかで乗り継ぐことにもなる。顧客に不安を与えないよう落ち着いて対応しなければと気持ちは焦るが、とにかくできることをやるしかない。

「伊藤さん。皆さんとは一緒の便には乗れませんでしたので、次の便を探します。カウンターまで、一緒に来ていただけますか」

「すみません、僕が確認しなかったためにご迷惑をかけて」

「いいえ、私が最後に確認しなかったのが悪いのです。こちらこそすみません」

バッファロー行きの便はそう多くないが、他の航空会社で二時間後の便の席が取れた。しばらくロビーで待ったあと、無事出発。機内に座ったときはほっとした。到着後はタクシーで今夜泊まるホテルまで行き、ようやく皆と合流できたのであった。

ホテルのロビーでは、支店長の松田と先輩の谷山が待っていてくれた。

「伊藤さん、お疲れ様でした。スーツケースがあってよかったですね。でも、これからはきちんと確認してからバスに乗ってくださいね」

「はい、分かりました。お世話になりました」伊藤はそう言って部屋に向かった。

「私が確認しなかったばかりに皆さんにご迷惑をかけてすみませんでした」

「まあ、無事にあったからいいようなものの、治安の悪い所だと取られていた可能性だってあるのですから、今後気をつけてくださいよ。私にも監督責任がありますから、山田さんだけを責められませんがね」

「山田さん。スーツケースの数を数えるのは添乗員の基本ですよ。これだから新人は困るんだよ。これからも気を抜かずにやってくださいね。新人さん」谷山は、鬼の首でも取ったかのような顔をして真知子に言った。

「はい、以後気をつけます。ご指導よろしくお願いします」

真知子は基本の事を怠ったことを情けなく思いながら、二人に頭を下げた。そして、これからは絶対ミスはしないぞと再度自分に言い聞かせたのであった。

翌日はバッファローからナイアガラを見学してカナダ側のホテルに泊まることになっている。ナイアガラの大瀑布はアメリカとカナダにまたがっているので、カナダへの入国手続きが必要である。地続きに国境があるというのは島国の日本では経験できないだけに、この国境通過自体が一つのイベントとして楽しまれている。一昨年は真知子もここで記念写真を撮ってもらった。今回はみんなの写真を撮ってあげることになるだろう。

そして初添乗終了

それから十日後、全行程を終え、旅行は大きな事故もなく無事終了した。旅行中にメンバー同士のカップルも何組かできたようである。羽田空港の税関を出たところで全員集合。

ハワイで免税品やパイナップルを買ったメンバーも多く、荷物は山のようだ。ゲート外に迎えが来ていないか探している人、別れを惜しんで話し込んでいる人などそれぞれだが、初めての海外旅行を無事終えたという安堵感と満足感が伝わってくるのがうれしい。彼らにとって真知子の添乗員としての仕事は役に立ったのだろうか。初添乗のため十分とはいえないが、細部にわたるまで注意を払い、誠意を持って対応してきたことだけは自信を持って言える。

「皆さん、どうもお疲れ様でした。まだ、ご自宅まで飛行機を乗り継いで帰られる方もいるかと思います。道中気をつけてお帰りください」

松井の最後のあいさつとともに、学生たちはそれぞれの帰途についた。空港には、東京近隣在住の学生の家族が迎えに来ている。久しぶりの再会に笑顔が溢れている。松井と真知子は皆が帰ったのを確かめたあと、大阪行きの便に乗り継ぐため国内線チェックインカウンターへ。さすがに疲れが出たのか、機内では二人ともグッスリ眠り込んでいた。


伊丹空港で松井と別れ、真知子はタクシーで自宅へ向かった。タクシーの窓から流れる風景を見ていると、ようやく終わったんだという実感が湧いてきた。添乗中は気が張っていたからであろうか、睡眠時間が少なくても苦にならななかったが、今はまず、ゆっくり眠りたいと思った。

添乗員の仕事は、外から見ているよりも想像以上に大変だった。できていて当たり前のことを保つための準備を丁寧にすること、言い換えれば顧客満足度を高めるための陰の仕事人といった役割だろうか。今回は松井支店長のサポートで、とにかく新人初添乗を何とか切り抜けることができた。まだまだ至らない点が多いが、先輩たちのようにベテラン添乗員を目指してこれからがんばろうと心に誓った。

真知子は添乗での評判も良く、お手並み拝見と言っていた谷山先輩からもミスはあったものの何とか認められほっとしていた。帰国後は社内でも先輩たちの仲間に入れるようになり、居心地が少し良くなった。毎日過ごす職場の雰囲気が良いのが一番。まだまだ新米社員であるので覚えなければいけないこともいっぱいある。添乗員としても、社員としても、はじめの一歩がクリアできたばかりである。これからもきっと、山あり谷ありの仕事が待ち受けていることだろう。真知子は、気持ちを新たに次のステップへと足を踏み出した。

「山田さん、次の添乗の打ち合わせが始まるわよ」と三田先輩の声。

「はい、今行きます」溌剌とした真知子の声がオフィスに響いた。

結婚のカタチ

1

ホームから改札口を出る。日差しがまぶしい。時刻はまだ四時を回ったばかりだ。美紀は、駅前のロータリーの左側にあるアーケード街に向かった。道の両側には、昔ながらの商店が所狭しと並んでいて活気がある。大手スーパーやショッピングセンターの進出で地元の商店街が次第にさびれていくところが多いが、ここは結構頑張っているほうだろう。どうやら世代交代がうまくいっているらしい。もちろん中にはチェーン店に変わっているところもあるが、うまく共存共栄しているのが微笑ましい。

美紀は中ほどにある小さなスーパーで夕食の食材を買ってから、アーケード街を通り抜けた。ほどなく右手にあるコンビニの角を曲がり、少し行くと、左前方にグリーンの八階建ての建物が見える。そこが、数年前から美紀が住んでいるマンションだ。駅から五分以内というのが気に入っている。商店街から近いにもかかわらず、道一本入ると、静かな住宅街である。マンションは落ち着いたアイボリーのフェンスに囲まれている。門をくぐると、建物までの歩道の脇には丸い花壇があり、色とりどりの花が出迎えてくれる。花壇は花好きの住民有志がサークルを作り、毎日のように手入れをしている。四季折々に美しい花を楽しめるので、美紀のお気に入りスポットである。今日は仕事が早番だったので、明るいうちに帰宅できた。いつものように花壇を見ながらエントランスに向かって歩いていると、このマンションで一番高齢の山本さんが花壇で水やりをしていた。

「こんにちは、山本さん」

美紀は少し耳の遠い山本のために、大きな声で話しかけた。

「あら、お帰りなさい。今日は、早番なのね」

「ええ、そうなんです。山本さん、毎日水やりご苦労様です」

「私にとっては花が子どものようで、水をやって元気になるのを見るのが楽しみなのよ。この夏は暑かったから、花たちも萎れて可哀そうだったわ」

「私たちだって熱中症になるほど暑かったのですもの、仕方ないですよね」

「まあ、ようやく暑さも峠を越えたようでほっとしていますよ」と言いながら、山本さんは水やりに余念がない。

「そうそう。来週土曜日にラウンドカフェがあるそうよ。いらっしゃいませんか」

　ラウンドカフェは、このマンションのロビー横にある集会室で、月二回程度開かれる住民の交流の場である。理事会の担当者が準備するのだが、毎回、住民や地域の方をゲストに迎え、得意分野のお話を聞き、その後お茶を飲みながら交流するというもので、平均三十名くらいが参加している。美紀も、仕事の空いているときに何回か参加したことがある。

「今回のゲストはどなたなんですか」

「確か、駅前の整体の先生だったと思うわ」

「そうですか、うちに来てくれ的な客寄せの話なら面白くないけど」

「そうじゃないようよ。肩こりや腰痛がひどくならないように、日頃から軽い運動をするのが良いとかを教えてくれるって書いてありましたよ」

「私、職場でパソコンを使うので、首や肩がこるから出てみようかな。ありがとう、山本さん」

美紀は一つ楽しみが増えたと思った。ストレッチはたまにするが、自己流なので効いているのかどうか分からない。ラウンドカフェで効果的な話が聞ければもうけものだと思った。

ロビーを入って郵便受けを見る。ＤＭばかりである。数枚をそばの収集箱に入れてから、エレベーターで六階の自宅に向かった。エレベーターは二基あるので、あまり待たないのが良い。ほどなく六階についた。廊下では子どもたちが三輪車で遊んでいた。広めの廊下は子どもたちにとっては格好の遊び場なのだろう。多少うるさいが、夕方までだからあまり気にならない。遊んでいる子どもの中に、隣の村井さんの子どもがいた。

「ゆみちゃん、こんにちは」美紀は三輪車で遊んでいる子に声をかけた。

「あ、お隣のお姉ちゃん、お帰りなさい」

「三輪車、うまくなったわね」

「うん、毎日乗っているよ。楽しいもん」

由美子はにこにこしながら答えた。

「じゃあ、またね。バイバイ」

美紀は三十五歳。もうすぐアラフォーだ。いまだ独身で一人住まい。現在付き合っている男性はいるのだが、結婚するかどうか思案中である。確かゆみちゃんのママは、私より二歳上だった。そう考えると自分も結婚してもいいかなと思うのだが、今は自由な生活を楽しんでいるため、結婚に一歩踏み出せないというのが本音である。

「結婚なんてタイミングよ。いろんなことがすべて整ってから結婚したいと思っているのでしょうけど、それで結婚したからって上手くいくとは限らないわよ。結婚しようと思ったら、他のことはどうでもよくなるわよ」

友人の真理子が言っていたっけ。真理子は学生時代にお見合いして、卒業と同時にさっさと結婚した。すでに子どもも二人いる。結構幸せに暮らしているようだ。

仕事をしたかった美紀は、卒業と同時に結婚するなんて考えられなかった。まずは仕事をして、お金を貯めて、好きなことをして、ある程度満喫したら結婚してもいいかなと思っているうちに、三十路になってしまった。美紀は人並み以上の容姿とスタイルであるのでいつでも結婚できると思っていたが、どうやらそうでもなさそうである。早々結婚した真理子は美人でもなく、キャリアも積んでない。やはり、タイミングなのかな。
美紀は、現在、半年前に仕事で知り合った三十八歳のバツイチの男性と付き合っている。落ち着いたところが好きなので結婚してもいいのだが、一方では、本当にいいのかと思う自分がいる。この年になって、ときめくような恋愛なんてないのかもしれないとも思うのだが、ちょっぴりさみしくもある。

玄関の鍵をバッグから取り出し、ドアを開けて中に入る。日中締め切ってあった室内は、空気がよどんでいる。早速窓を開け、外気を部屋に入れる。今日は彼が帰りに寄ることになっているので、夕食の支度に取りかかる。駅前で買ってきた食材を使って、手際良く料理をする。ワインがあるから、カルパッチョとサラダ、それに牛肉のたたきにナスの煮びたし。そうそう、浅漬けも酒の肴になるわよね。料理が得意というわけではないが、自炊歴が長いので大抵のものは作れる。独身の女性でも外食で済ませている人もいるが、美紀は結構倹約家であるので、たまに外食するが、ほとんど自炊をしてきた。

六時半にはすっかり準備が整った。彼が来るまでまだ一時間くらいあるので、部屋を少し片付けることにする。これまでも特に汚かったというわけではないが、彼氏ができて時々我が家に来るようになってからは、以前よりは室内をきれいにするようになった。よりきれいにすることで、気持ちも明るくすがすがしくなる気がした。


彼の名前は、伊丹健一。商社に勤めているため帰りは遅く、年に数回は海外出張もある超多忙なビジネスマンだ。そのため、そうしょっちゅう会えるというわけではないが、仕事を持つ美紀にとってはこの距離感がちょうどいいのかもしれなかった。

彼には十歳の女の子がいるが、前妻が引き取って育てている。仕事が忙しく、一緒に過ごす時間が少なかったのが離婚の原因だったらしい。美紀に言わせると、そんなことは結婚前から分かっていただろうと思うのだが、頭で分かっていても、実際にその立場になってみればまた違う受け止め方になるのかもしれない。奥さんはもっと家族だんらんの時間を持ちたかったのだろう。話し合いの結果別れたのは数年前で、それ以来毎月養育費を支払っているらしい。互いに嫌いになって別れたのではないので、年に何回かは会って食事をすると聞いている。よりを戻すのではないかと多少不安を感じるが、健一は、復縁はあり得ないと言い切る。


夜七時半、玄関のチャイムが鳴った。彼が訪ねてきたのだ。

「いらっしゃい。夕食作って待っていたわよ」

「こんばんは。デザートのケーキを買ってきたよ」

「まあ、ありがとう。冷蔵庫に入れておくわ」

「おや、いい匂いがしているね」

「ビールも冷やしてあるから」

美紀はいそいそと健一の背広の上着を受け取り、玄関のクローゼットにかけた。

健一はネクタイを外しながら冷蔵庫からビールを出すと、二人のコップに注いだ。適度に泡が出て美味しそうだ。

「では、乾杯」

「乾杯」

健一は喉が渇いていたと見え、ゴクゴクと美味しそうにビールを飲んでいる。

「うまい。夏はこれに限るね。さあ、今日はゆっくり美紀の料理を楽しもう」

「うれしいわ。仕事帰りに外で一緒に食事しても、あっという間に時間が経って別れるのがつらいから、我が家で一緒に過ごせるのはとてもうれしいのよ」

「君も仕事をしているから、あまり負担になると悪いと思ってね」

「気を使ってくれてありがとう。今日はお肉とお魚が新鮮だったので、たたきとカルパッチョにしたのだけど、どうかしら」

健一はカルパッチョを取り口に入れる。

「いや、文句なしに美味しいよ」

「この浅漬けは、お漬物というよりはサラダ感覚で食べられるように、辛さを控えてつけたのよ」

「うん、おいしい。しゃきしゃき感が残っていて、酒のあてにもおかずにもなるね」

「気に入ってくれてよかった」

メインのおかずを食べたあと、お豆ごはんとシジミとわかめの味噌汁で食事は終わった。次はデザートである。美紀は冷蔵庫からケーキの箱を出し、ケーキ皿に取り分ける。

「あら、おいしそう」

「君が好きだと言っていた、ピーチのケーキとチーズスフレを買ってきたんだ」

「本当にこのケーキ屋さんのは美味しいのよね。飲み物は紅茶でいいかしら」

「いいよ」

美紀は紅茶をポットに入れしばらく待ったあと、カップに注いだ。二人ともストレートが好みだ。

ケーキを食べ終わり、食器を流しに運んでいると、健一がキッチンにやってきた。

「食器は僕が洗うから、他の片付けをしていいよ」

「ありがとう。いつも助かるわ」

「いや、独り身で慣れているから」

美紀はケーキの箱や、紅茶のティーポットを片付けた。

「あとは、テーブルを拭いたら終わりよ」

「OK。こちらももうすぐ終わりだ」

台所もテーブルもきれいになり、ようやく落ち着いた。

二人はリビングのソファーに並んで腰を掛けた。

健一の腕が美紀の背中に回り、美紀を引き寄せた。

「美紀、愛してるよ」

健一はそう言いながらキスをした。美紀もそれに応じて健一に体を預けた。

2

翌朝六時半。マンションの前にある公園から、ラジオ体操の音楽が聞こえてくる。

「もう、週末ぐらいお休みすればいいのに。ゆっくり寝られないわ」美紀はベッドから起き上がり、両手をぐっと伸ばし伸びをする。健一は気にならないのか、ぐっすり眠っている。

美紀はそっと寝室を抜け出し、キッチンへ入っていった。何となく昨夜の余韻が体の芯に残りけだるい。今日一日一緒にいられると思うと、気持ちがウキウキする。朝食はパンとコーヒー、それに卵と野菜サラダ。コーヒーメーカーでコーヒーを作っている間に、スクランブルエッグとサラダを作る。テーブルセッティングをして食パンをトースターに入れ、健一を起こしに行く。

「健一さん、朝ご飯の用意ができましたよ。起きてください。朝ですよ」

そう言いながら、健一のおでこにキスをした。

「あ、美紀。おはよう」健一は、起き上がると美紀のほほにキスをした。

「さあ、食事の用意ができたわよ。いただきましょう」

「ＯＫ」

二ＬＤＫだが、リビングはかなり広い。右側の窓は出窓になっていて、ヨーロッパに行ったときに買ってきた陶器の人形が飾ってある。窓には、ドレープが美しいレースのカーテンが掛けられていた。その前にあるダイニングテーブルの上には、ランチョンマットが敷かれ、ブルーのラインが入った品のいいコーヒーカップと、卵とサラダの入った皿が並べられている。美紀はトースターからパンを取り出し、小ぶりのパン皿に載せ、テーブルに運ぶ。

健一はコーヒーができているのを確かめ、カップに注ぐ。二人ともコーヒーは少し薄めに作り、ブラックで飲むのがお気に入りだ。健一はカップを手に、静かに一口飲んだ。

「うん、美味しいね。この間来たときのコーヒーと違うブランドだと思うけど」

「あら、よく覚えているのね。これは、友人からいただいたグアテマラのコーヒーよ。結構美味しいので気に入っているの」

公園のラジオ体操も終わり、外は静かになっている。

「ねえ、うちのマンションの前でラジオ体操をしているでしょ。今は朝早くからうるさいなと思うこともあるけど、私も子どもの頃、夏休みには毎日通っていたのよね。終わってスタンプを押してもらうのが楽しみで。皆勤賞だと最後にノートとか鉛筆とかもらえるので、毎日がんばって行ったものだわ」

「僕も行っていたよ。我が家は学校の近くだったので、ここみたいに音楽が聞こえたよ。僕はボーイスカウトに入っていたから、途中何日かキャンプで欠席するため、皆勤賞はもらったことがないな。でも、今でも第一も第二も覚えているよ。君は覚えている」

「もちろん。時々、外の音楽に合わせて体操をしているわ。朝の運動になっていいと思って」

健一は、立ち上がってコーヒーを追加した。良い香りが漂ってくる。

「いきなりだけど、君は別居結婚には関心あるかい」健一は美紀の方を向き、真面目な顔をして聞いた。

「聞いたことはあるわ。でも、どうして急に」

「いや、僕のバツイチの原因が、仕事が忙しくてあまり帰ってこなかったことだっただろ。だから、最初から別々に住んでいて、今の僕たちのように時々会うほうが、お互いストレスがなくていいかなと思ってね」

「それって、結婚を考えてくれているということなの」

「もちろんそうだけど、前のことがトラウマになっていて、完全同居だと、君がまたどこかに行ってしまう気がしているんだよ」

「う〜ん、別居結婚ねえ」美紀はカップを持ったまま、しばらく考える。「でも、同居していたら、帰る面倒くささはないわよね。あなたが忙しいことは分かっているから、たとえば、夜会議や接待があるとか、出張だとかをカレンダーに書いておけばいちいち聞かなくてもいいと思うし、私も仕事で遅くなるときがあるので、お互いに状況を把握しておけば大丈夫じゃないかしら。それから、夕食は帰りが遅くなるときは先に済ませるとか。健一さんが先に帰って私が遅いときも同じよね。まあ、どのくらい遅くなるかとか、予定変更だとかはメールをすればいいことだけど」

「なるほど、確かにそうだよね。それも一案だ」

「とにかく、試しに一週間僕のところで過ごさないか。今のアイディアがうまく機能するか実験してみたいんだ」

「分かったわ。すぐというわけにはいかないけれど、二週間後なら大丈夫だと思うわ」

「よし、善は急げ。さっそく実験開始だ」

「さあ、話がまとまったところで、朝ご飯を食べてしまいましょうよ」

二人は食事を続けながら、今日の予定を考えた。

「ねえ、朝は自宅で音楽でも聞きながらゆっくりして、午後は新しくできた美術館にでも出かけるってどうかしら」

「いいよ。でも、夕食はまた君の料理を食べたいな。そんなに張り切らなくていいから」

「いいわよ。では、ランチは外でということで。美術館の近くにしゃれたレストランがあるのよ。少し混んでいるかもしれないけれど」

「フレンチかい」

「創作料理なんだけど、けっこういけるのよ。前にお友達と行ったことがあって、気に入ったお店の一つよ」

「よし、ではそこにしよう」

美紀と健一は仲良く食事の後片付け。

「ねえ、『はやぶさ』っていう映画があったでしょ。あのサウンドトラック盤を買ったのよ。ピアノ演奏は、盲目のピアニストの辻井さん。とても壮大で良い曲よ。ちょっと聴いてみて」

美紀はタオルで手を拭きリビングに行った。コンポのスイッチを入れると、心地よい音楽が流れてきた。美紀がソファーに座ると、片付けが終わった健一も横に座った。

「美紀。一週間の同居の実験が終わったら、真剣に結婚のこと考えてくれるかい」

「そうね、考えてみるわ。でも、仕事はやめないからそのことはいいのね」

「いいよ。将来子どもができても産休や育休を活用すればいい」

「さあ、十時半になった。出かけようか。昼過ぎまで美術館を見て、ちょっと遅いランチというのはどう」

「いいわね」


電車を乗り継ぎ、小一時間で美術館に着いた。休日の午前中にもかかわらずたいして混んでいなかったので、ゆっくり楽しめた。美紀は絵が好きで、時々この美術館を訪れる。イスに座り絵を観ていると、心が落ち着くのである。いや、絵を観ているばかりではない。いろんな考えごとがあると、ここに来て、静かに考えるのである。日常の喧騒を離れ、私語もほとんど聞こえない美術館の中は格好の思索の場である。

「ねえ、君はどんな絵が好きなの。僕は、自然を描いたものが好きなんだ。人物画とか、抽象画は苦手だな」と健一。

「私も同じよ。よかった」

「僕のところにある、湖のある絵があるだろう。ああいうのがあれば、小さいのを買って、寝室にも飾りたいと思っているんだ」

「すてきね」美紀は、二人で絵を観ながら肩を寄せ合っている姿を思い描いていた。

「おや、今日は何か特別展をやっているよ。覗いてみようか」

「そうね、まだおなかは空いていないですものね」

特別展のある奥のギャラリーに行くと、絵画ではなく、益子焼の若手作家が製作した陶芸展であった。希望者には販売もしているようだ。

「健一さん、陶芸に興味はあるの」

「特にないけど、良い作品を見ておくのは自分の肥やしになると思っている」

「私は、好きなものがあったときは少しだけど買うことにしているの。今日も気に入ったのがあれば少し買ってみたいわ。焼き物のお皿や小鉢はどんな料理にも結構合うのよね。何を入れようかと考えるのも楽しいものよ」

「なるほど。そういえば、君のところの食器棚にもいくつか焼き物があったよね。」

「そうなの。こういう展示会や陶芸市に出かけて見つけたものもあるわ。それぞれ思い出があって、大切に使っているの」


会場には和食器、洋食器、花瓶など様々な作品が並んでいた。中には売約済みと紙が貼ってあるものもある。中央の大きなテーブルには、数点のつぼや花瓶などが展示されていた。コンテストの受賞作品のようだ。

「これは芸術作品としては素晴らしいけれど、家庭に置くには大きすぎるよ」

「でも、さすが受賞作品だけあって素晴らしいわ」

次のコーナーには小皿やカップが置かれていた。しばらく見て回ったのち、美紀は気に入った作品のところに戻った。

「ねえ、この小皿可愛いでしょう。手作りの良さが感じられる」

「他の食器の邪魔をしない絵柄というのもいいね」

「今日は、これを買うことにしましょう」


レジに行き支払いを済ませると、隣接のレストランに向かった。レストランはログハウス風で、落ち着いたこげ茶色で統一されていた。

「いらっしゃいませ。お二人様ですね。お席にご案内いたします」と、窓際の眺めのいい席に案内された。

「お食事でございますか。ランチメニューはこちらにございますのでご覧ください」

ウエイターはそういうと下がっていった。

「ねえ、何が良いかしら」

「そうだな、僕はCにするよ。子牛のステーキだ」

「わたしはA。チキンのグリルね」

ちょうどお昼の一番混む時間を外れていたためか、休日にもかかわらず、比較的ゆったりとした昼食を楽しむことができた。食後のコーヒーが運ばれてきた。

「お食事はご満足いただけたでしょうか」

「ええ、とても美味しかったわ」

「ありがとうございます。実は、午後の演奏がもうすぐ始まりますので、お急ぎでございませんでしたらぜひお聞きください」

「あら、生演奏があるなんて知らなかったわ。ぜひ聞かせていただきますわ」

「午後の演奏は休日と祝日のみとなっております。また、夜は毎晩八時から演奏タイムがございますので、次回はぜひ夕食をお楽しみいただければと存じます」

演奏者は音大の学生だったが、クラシックのみならず、軽快な曲もそつなくこなし、とても楽しいひと時であった。演奏が済むとレストランを出て、公園を散歩しながら駅に向かった。駅前にはおしゃれな小物を売っている店があり、そこで二人は気に入ったグリーンのランチョンマットを購入した。

「ランチョンマットは安いものだけど、時々替えると気分が変わっていいわね」

「今夜、さっそく使ってみようよ」

「そうね、そうしましょ」

月曜日の朝、健一は出かける前に、美紀のおでこに軽くキスをしてから言った。

「二週間後、迎えに来るからね」

「はい、お待ちしています。いってらっしゃい」

健一が出かけた後、美紀も台所を片付けて出勤。マンション前の花壇には、色とりどりの百日草やゼラニウムなどの花が美しく咲いている。サークルの皆さんが手入れをしているので、いつもきれいになっているのがすがすがしい。ロビーの掲示板には、今週と来週のラウンドカフェの案内が貼ってあった。今週末は山本さんが話していた整体の先生、そして、来週のゲストはマンションに住んでいる建築家のようだ。タイトルは、「リフォームをするときの心構え」。

健一のところに行くのは二週間後だから両方出ることにする。ラウンドカフェは、講師のお話も役に立つが、終了後にそこに集まった人とのおしゃべりが楽しい。美紀もここで親しくなった方が何人かいる。新しく転居された方にとっても、知り合いができるいい機会である。今度健一も呼んでみよう。美紀は、足取り軽く駅に向かった。

3

朝から少し曇り気味だったが、お昼前には雨が降ってきた。二週間続けてのラウンドカフェ参加だ。マンション内での開催のため、天候が悪くても何の不都合もない。こんな天気なら、どこかに出かける予定の人もきっとカフェに出てくることだろうと美紀は思った。

午後一時半の受付に行くと、思った通り、たくさんの方が来ていた。

「あら、美紀さん。今日はリフォームの話ですって。楽しみだわ」と下の階に住む三人の子持ちの上田さんが気さくに話しかけてきた。

「本当ですね。できなくても話を聞くだけでも夢がありそうですね」

二人は、あれこれと話しながら、受付を済ませ、席についた。男性が少し少ないようだが、かなりの参加人数だ。

二時になり進行役の担当理事が登場。

「皆さんこんにちは。今日は雨の中お越しいただきありがとうございます。というか、雨だから大勢お集まりいただけたのかもしれませんね」

会場からはどっと笑いが起こった。

「さて、今日の講師は、リフォームアドバイザーの間宮芳子先生です。いろいろ役に立つお話が聞けると思いますので、最後までお楽しみください。では、間宮先生、よろしくお願いいたします」

「こんにちは、間宮です。今日はリフォームについてということですが、大掛かりなリフォームはお金もかかり、準備にも日数がかかります。ですから、プチ・リフォームとか、部屋の中の整理、家具の配置など、どのご家庭でもできることを織り交ぜてお話ししたいと思います。いろいろ試してみてもどうしようもない場合や、家族構成が変わって使いにくいというときには、思い切ってリフォームされるのが良いと思います」と、まず、本格的なリフォームのコツ、考え方などが紹介された。周りを見回すと、真剣にメモを取っている人もいる。このマンションも築十五年になるから、そろそろリフォームをしたいと考えている人も多いのかもしれない。

「リフォームは思いつきで始めるのではなく、計画的に効率良くしたほうが経費もかからないですね。また、リビングの壁紙を最初に替えたいという方が多いんですが、まずは、水回りが大丈夫か確認しましょう。一番お金がかかるのですが、生活に一番大事なところですから」

美紀が住んでいる部屋は五年前に中古で買った物件だが、入居時に水回りは最新のものに替えてあったし、壁紙もきれいになっていたので、当分リフォームは必要なさそうだと思った。

「皆さん、モデルルームのような家になる必要はないのですよ。ある程度物が散らかっていてもごみ屋敷でない限り、住む人が居心地が良ければそれも良しです。まあ、お客様が来て、座るところがないほど散らかっているのは考えものですけれどね」

会場では笑いが起こるとともに、中には、ほっとした顔をしている人がちらほらいるようだ。美紀のところはいつ来客が来ても大丈夫なくらいきれいである。将来、子どもができて、散らかっている部屋に住んでいる自分を想像してみた。横には、もちろん健一がいる。美紀はしばらく自分の世界に入り込んで空想を楽しんだ。

「ねえ、ねえ、今度は百円ショップの有効な使い方ですって」上田さんの声に美紀ははっと現実に戻った。「ホームセンターなら分かるけれど、どういうことかしらね」と返しながら、ずっと聞いていたように取り繕った。

「家の中の雰囲気を変えるのは、ちょっとしたコーナーを作ったり、シールやおしゃれなマスキングテープを張ったりすることも素敵ですよ。私はいろんなシールを使って楽しんでいます。たとえば、これ一枚で百円なんですよ」

講師は一メートルくらいあるシールを見せ、「これは子ども部屋の壁に貼ると楽しいわね。それから、あれはトイレ。リビングにはそれが良いかしら。皆さんびっくりされているようですが、すぐはがせるので跡も残りませんし、しばらく貼って飽きたら別のところに貼ることもできます。また、造花も捨てたものではありません。最近では、結構上手に作られたものがありますので、これらを使って試していただくのも楽しいと思います」

そのあと、リフォームに関する質疑応答があり、ティータイムとなった。結構、ホームセンターを使っている人がいたり、これから百円ショップに行って探検してくるという人もたくさんいた。美紀も仕事の帰りに寄ってみようかと思っていた。機能的だが、遊びがなくそっけない室内を少し暖かくしてみようと考えたのだ。

ティータイムが終わり、自宅に帰った美紀は、健一のところに行くためのリストを作り、荷物の準備を始めた。これから時々行くとすると、あちらに置く方が良いものもいくつかある。あれこれ考えているうちに外はすっかり暗くなり、もう夕食の時間。ありあわせのものでさっさと済ませて、再び準備に取り掛かる。旅行用のスーツケースに荷物を入れて、ほぼ完了。明日の日曜日、健一が車で迎えに来てくれる予定である。スーツケースであれば、雨でも大丈夫。ほっと一息つき、今日はゆっくり休むことにした。


翌朝、電話のベルで目が覚める。

「もしもし、美紀？」

「あら、おはようございます。もうすっかり出かける準備はできているわよ」

「それが、明日から三日間出張になったんだよ」健一は、ちょっと言いにくそうに話した。

「何ですって。今日は健一さんのところに行けないということなの？」

「すまん」

「せっかく楽しみにしていたのに」美紀は、不満そうにつぶやいた。

「だけど、仕事だから仕方ないじゃないか」と、健一の強い口調が響いた。

「そうね」美紀の目から涙が溢れてきた。

電話からは美紀の啜り泣きが聞こえてきた。健一はいつも冷静に対応する美紀だから予定が少し延びても問題ないと思っていたが、思わぬ反応に当惑していた。

「ねえ、泣くなよ。来週は絶対迎えに行くから」

「はい、分かりました」美紀は口ではそう言ったものの、悲しくてそのまま電話を切ってしまった。

「もしもし、美紀、もしもし」あわてて呼びかけたが、ツーツーという音が耳に聞こえるばかりだった。

健一は、離婚前に同じようなことがあったのを思いだした。休みに出かける約束をしていたのが、急に出張で行けなくなったこと、仕事が忙しく子どもと遊ぶ時間もなかったこと、妻と話す時間もほとんどなかったことなどなど。妻にはいつも「仕事だから仕方ないだろ」と話し、それでいいと思っていたのだが、結局そのことが離婚に繋がってしまった。嫌いで離婚したのではなかったが、妻からもう一緒には暮らせないと言われたときにはすでに遅かった。今回は同じあやまちを繰り返したくなかった。美紀と結婚を考えている健一はこんなことで美紀との関係を壊したくなかった。そう思い、あわてて美紀に電話した。しばらく呼び出し音が鳴っていたが、なかなか出てくれない。それでもずっと待ち続けた。ようやく美紀の声が聞こえた。

「もしもし」

「美紀、さきほどは思わず強く言ってすまなかった」

「大丈夫よ。お忙しいと分かっているのに、私こそ泣いたりしてごめんなさい」

「いや、僕の方が悪かった。おわびの代わりと言ってはなんだけど、今日、ランチを外でしないか。新宿に良いレストランがあるんだが」

「本当？」美紀は、健一と会えると分かりすっかり機嫌が直った。

「とてもいい雰囲気の店だから、きっと気に入ると思うよ」健一は答えながらほっとしていた。

「楽しみだわ。遅めのランチということで一時頃はどうかしら」

「了解。では、南口の改札で待ってるからね」

美紀は健一のところには行けなくなったが、ランチを一緒にできることになりうきうきしていた。何を着て行こうかな。新宿だからちょっとおしゃれにしようと考え、クローゼットに向かった。さわやかなパステルカラーのワンピースに、濃紺のベルトを締めてみた。これで決まりだ。少し時間があるので、早く出て駅前の百円ショップに寄って、どんなものがあるか見ることにした。美紀はたまにここに来るが、必要なものを買うだけでゆっくり見たことはない。ましてや先日の講師の話に出てきたいろんなシールや小物が売っていることすら知らなかった。本当にあるのかしらと思いつつ店内に入る。日曜日の午前中というのに、かなり混んでいた。とりあえずシールを見たかったので、店員に聞いてみることにした。

「すみません、壁の装飾に貼るシールってありますか」

「はい、奥の右から三つ目の棚にあります」

「最近では、よく使われているって聞いたので見にきたのですが」

「そうですね、若いお母さんたちに特に人気がありますね。それから、モノトーンのお部屋にちょっとアクセントにしたいという方もおられますよ」

「そうですか、ありがとうございます」美紀は店員に礼を言って、教えてもらったところに向かった。ある、ある。いろんなデザインのシールが所狭しと並んでいる。カラフルなマスキングテープも、いろんな太さのものがあった。

「あら、美紀さん。あなたも見にきたのね」

カフェに来ていた上田さんである。

「ええ。見たことがないのでどんなものか知りたくて、出かける前にちょっと寄ってみたのよ。たくさんあってびっくりしたわ」

「本当よね。私も初めてよ。ちょっとすてきなお花のシールを見つけたので、トイレに貼ってみようと思っているの。これ、どうかしら」上田さんは二枚のシールを選んでいた。

大きなバラの花と小振りのバラである。

「まあ、トイレが華やかになるわね。貼ったら、見せていただけるかしら」

「もちろんよ、今日中に貼るつもりよ。美紀さん、これからお出かけよね。もし今買うのでしたら、持って帰ってあげるわよ。夕方渡せばいいから」

「そうね、お願いしようかしら。廊下に少し貼ってみようと思っているの。何といっても百円ですものね。いつでも取り換えがきくから、気軽に買えるわ」

二人はそろってレジに行き、支払いが済むとシールを上田さんに預けた。

「すみません、よろしくお願いします。あとで取りに伺いますね」

「はい。では、行ってらっしゃい」

駅に向かいながら、健一の家ではどこかに貼るところがあるかしらと考えていた。時計を見ると十二時半。新宿まで二十分だから、ちょうどいい時間だ。

電車は、休日の昼とあって結構混んでいた。美紀は健一との生活がどうなるのかまだ想像がつかない。今回のように急に出張になることもあるだろう。健一のところで一人で待つより、やはり別居結婚が良いのかもしれない。まずは、体験同居をしてみることにしよう。あれこれ考えているうちに新宿に到着。待ち合わせ場所の南口で健一が待っていた。とりあえず、今日はランチを楽しむことにしよう。

「やあ、ごめんね。予定通りいかなくって」

「大丈夫よ、先は長いんだから」美紀は明るく答えた。

「そうだね、今日のランチはお勧めだよ。いわゆる懐石風ランチで、お盆に載せるのが面白いんだ」

レストランは、南口から歩いて五分程のところにある甲州街道沿いのビルの十階にあった。

「いらっしゃいませ」

「今朝ほど予約した伊丹ですが、窓際の席取れていますか」

「はい、ご用意できております。どうぞこちらへお越しください」

石畳の道を歩いて行くと、窓に面してずらっと席が並んでいる。面白いのは、全員が窓に向かって座るようになっていることだ。

「あら、珍しい作りね」

「はい。ここからは展望が良いので、お食事と共に外の景色も楽しんでいただきたいと思い、このようなデザインにしたのです。どうぞ、ごゆっくりお過ごしください。お料理はすぐにお持ちいたします」

「面白いだろ。夜もライトアップしたスカイツリーが見えて、またいい雰囲気なんだ」

「本当に素敵な景色ね。夜にも来てみたいわ」

「よし。では、今度は夜に予約を取ろう」


しばらくして前菜がきた。和風の器にほうれん草のお浸しを盛り付け、松の実が散らしてある。細長い小皿には練り物、和え物、ホタテの甘辛煮が並んでいる。ほうれん草を一口頬張る。松の実が香ばしい。

「まあ、上品な味ね。器も素敵」

「君に気に入ってもらえると思っていたんだよ」

美紀は順番に前菜を楽しんでいく。

「どれもいいお味ね。自宅ではこんなにいい味を出せないわ。次に出てくるものが楽しみになってきたわ」

「そうだろう。季節のお任せの品が出てくるから、当日まで何が出てくるか分からないのも良いんだ」

「じゃあ、時々来ましょうよ」

三品目は、えびしんじょう。

「ここのえびしんじょうは格別うまいんだ。それに大きいだろう」

「確かにほかの店より大きいわね。あら、とても美味しいわ」

お勧めの店というだけあって一品ごとに目でも楽しめ、しかも、どれも満足する味であった。最後は、グリンピースのご飯。塩味がほのかに効いていて、お漬物と一緒に食べるとあっという間の一膳だった。健一はお代わりしている。デザートはコーヒーゼリーにアイスクリームを添えたもの。献立に肉や魚は少ししか入っていないにもかかわらず、おなかがいっぱいになった。

「わー満腹ね。見た目はおなかにたまらない感じだったけど」

「ここの料理はおなかにもたれないのが良いんだよ。今満腹で、夕食はとても食べられないと思っているだろうけれど、夕飯時にはおなかが減っていると思うよ」

「それにしてもいいロケーションね。私もこの店をお友達に紹介するわ。きっと喜んでもらえると思うの」

美紀は友達の顔を思い浮かべながら、誰と来ようかなと考えていた。

「では、行こうか」

「そうね」

二人は、甲州街道を新宿駅に向かって歩き出した。

「ねえ、明日から出張なのよね。来週が待ち遠しいわ」

「来週は大丈夫だと思うよ。まあ、会社の仕事次第だから、確約はできないがね」

「私一週間休んで、主婦業の真似事してみようかしら。それとも、いつも通り仕事に行って、共働きの主婦体験をしたほうがいいか、今思案中よ」

「まあ、実際に結婚する場合は、君は仕事を続けるのだから共働きバージョンがいいと思うね」

気がついたらもう新宿駅だ。健一は明日の出張の準備があるので、今日はここで別れることになる。

「今日はありがとう。楽しかったよ。出張から帰ったら電話するよ」

「分かったわ。気をつけて行ってらっしゃい」

「ありがとう、君も仕事しすぎないようにね」

美紀は健一と駅で別れ、自宅へと向かった。午前中に預かってもらっているシールを受け取って、今日中に貼ってみようと考えていた。それにしても、いろんな新しいものができているものである。ラウンドカフェで講座に参加しなかったら全く気がつかなかったことだ。これからは仕事だけでなくいろんな機会をとらえて、新たな情報を得ることが必要だと思っていた。

最寄りの駅に着くと、いつも通りアーケード街を歩き始めた。小さいながらもいろんな商店が並んでいて、あちこち見ながら帰るのは結構楽しいものである。夕食用にとコロッケとサラダでも買って帰ることにした。コロッケは揚げたてで、サラダも自家製を置いている店が何軒かあるので重宝している。

「いらっしゃい。お出かけだったのですか」と、店主が声をかけてくる。

「ええ、ランチに出かけていたんです」

「そうでしたか。今日のお勧めは、かにクリームコロッケとカボチャだね」

「あら。カボチャのコロッケは最近いただいてなかったから、一ついただくわ。それから、コールスローもお願いします」

「カボチャコロッケとコールスローで合計五百五十円です。毎度ありがとうございます」

夕食の準備もできたので、あとは、上田さんのところに寄ってシールを受け取るだけ。五階でエレベーターを降りて上田さん宅のブザーを鳴らすと、子どもが顔を出した。

「ママ、上の階のお姉ちゃんだよ」

「あら、お帰りなさい。はい、預かりもの」

「ありがとうございました。助かりましたわ」

「とんでもない。ところで、今から貼ってみるの?」

「ええ、夕食前にやってみようかと思って。そうそう、お宅の貼ってあるのよろしければ見せていただけないかしら」

「もちろんよ。どうぞ」

美紀は玄関で靴を脱ぎ、あとをついていった。間取りは一緒だが、子どもがいる家族は雰囲気が全く違う。壁には、子どもの喜びそうな動物やキャラクターのシールが貼ってあった。

「これ、子どもたちのリクエストで貼ったものよ。それから、廊下のボーダーがこれ。単純に貼っただけなんだけど、ひと味違った雰囲気がでるのが不思議よね」

最後はトイレを見せてもらった。大きなバラの花と小振りのバラがバランスよく貼られていて、華やかな雰囲気になっていた。

なるほど。気に入ったものを貼って、飽きたら剥がせばいいだけ。場所によって雰囲気を変えるのにはお手軽な方法である。

「ありがとうございました。とても参考になったわ」

美紀は自宅に帰ると、早速買ったシールをテーブルの上に並べてみた。少し余分に買ってきたので、いろんなバリエーションが考えられそうだ。トイレに窓はないが、おしゃれな小物が置いてあるので、何も貼らないことにした。とりあえず廊下にボーダーを貼ってみようと思い、モザイク風の落ち着いたデザインを選んだ。まずは壁を乾拭きし、ゴミが付かないようにしてから、横にまっすぐ貼るため床から物差しで測った。そして七十センチのところにマスキングテープで印を付け、曲がらないように気をつけながら、慎重に貼っていった。クリーム色の壁に一本のテープが貼り付けられるだけで、雰囲気が変わるのが分かる。気がつくと外はすっかり暗くなっており、時計を見ると七時前だった。もうそろそろ夕食の時間だ。昼の懐石料理でおなかがいっぱいだったはずが、今はいつでも食べられる気がする。健一が言ったように、胃にもたれなかったからだろう。

ひと仕事終わったので、夕食の準備に取りかかる。といっても先ほど買ってきたコロッケを皿に載せ、キャベツを刻んで添えただけだ。コールスローはブルーの器に移し、レタスを周囲にあしらうと立派なサラダの出来上がり。あとは、冷蔵庫に残してある煮物などを出したら十分。お気に入りのＣＤをセットして夕食タイム。食事中も健一との将来をいろいろ考えていると楽しい。来週が待ち遠しく感じられた。

4

一週間後、美紀は迎えに来た健一の車でマンションに向かった。

「ねえ、今日の食事などのお買い物はどこでするの」

「結構冷蔵庫にも残ったものがあるから、少しだけスーパーで買っていくことにしよう。ほら、この先に見える所がこの辺では大きなスーパーだ。今日は車だからあそこに行って、通常は家の近くの小ぶりのスーパーを利用するので良いと思うよ。僕もそうしているから」

「分かったわ。仰せの通り」美紀はふざけながら敬礼して見せた。

買物のあと、健一のマンションに向かった。

「ねえ、健一さんのマンションでは皆さんお付き合いはあるの？」

「さあ、どうかな。僕はほとんど仕事で出ているからあまり分からないな。ゴミ出しのときに挨拶するぐらいだよ。どこのマンションでも似たようなもんだと思うよ」

「うちのマンションはラウンドカフェがあったり、お花を世話するサークルがあったりして結構知り合える機会があるわ」

「そういえばそうだね。もしかしたら僕が気が付いていないだけかもしれないよ。一週間じゃ分からないかも知れないが、君が確認してみるのもいいかもしれないね」

マンションの駐車場に着くと、スーツケースとスーパーで買ったものをもって部屋に向かった。これまでも時々来ているのだが、今日はなんだか違った気分がする。健一は、五階の角部屋に住んでいる。間取りは美紀のところと同じ

2LDKだが、両面窓があるためとても明るく広く感じる。

「美紀、こちらの部屋に荷物を置くと良いよ。僕は隣の部屋を使っているから」

「はい、分かりました。クローゼットも使っていいかしら」

「もちろん。クローゼットには多少物が入っているけれど今回使うには十分だと思うよ」

荷物といってもスーツケース一つだから、あっという間に片付いた。

「時々来ていて部屋の中は大体分かっていると思うから、好きに使っていいよ。そうそう、一週間の食費代として念のため一万円渡しておく」

「そんなに必要ないと思うけれど、とりあえずお預かりしますね」

結婚したら、夫から生活費をもらうということになるのか。でも共働きなら生活費は折半にするか、お互い何を分担するか決めるほうがいい気がする。これから毎日いろんな気づきがあるんだろうな。

「おや、もう昼過ぎているね。買ってきた寿司でも食べようか」

「そうね、インスタントのお澄ましでもあればいいのだけど」

「味噌汁か卵スープならあったと思うよ。それでいいかな。昼は僕が準備するから、夕食は頼むね」健一は棚からインスタントの味噌汁を出して手際良く準備を始める。

「では、お言葉に甘えて、そうさせていただきます」


まだまだ残暑が残る九月。美紀はこれから一週間の生活が楽しくもあり、またちょっと怖くもあった。長年一人住まいで気ままに過ごしてきたのだから、誰かと一緒に住むことは本当に心地良いことなのか、大好きな健一ならうまくやっていけるのか。同居がいいとも思ったが、別居結婚もありかもしれないなどなど気になることはいくらでもあるが、今これ以上考えても答えが出るわけがない。とにかく一歩踏み出すことに決めたのだ。これから一週間とりあえずやってみよう。先のことはそれから考えよう。

翌日からは、結婚生活同様の日々が始まった。朝食はそれぞれが準備し、時間になったら出勤し、夕食は基本的には美紀が帰宅後作ることにした。二人で過ごす時間は十分あったし、互いの生活リズムも分かり合えたという点では、今後結婚して同居しても大丈夫だと思った。ただ、マンションの掲示板には町会の回覧板やゴミ出しのルールが貼ってあったが、ラウンドカフェのようなイベントは見つからなかった。

土曜日になり、美紀が自分のマンションに戻る日が来た。

健一は、改まった様子で「美紀、同居生活はどうだった。僕は一緒にいても大丈夫だと思ったが、君の感想も聞いてみたい」

「そうね、一週間過ごしてみて二人での生活はやっていけると思ったわ。でも、ラウンドカフェやいろんなクラブがある今のマンションのようにコミュニケーションが取れる生活の方が楽しいわ。もしよかったら、今度は健一さんが一週間私のマンションに来てラウンドカフェにも参加していただけないかしら」

「確かに、両方試してみるのが良いね。分かった。来週土曜日朝早く着くように段取りしてみるよ。そしたらラウンドカフェにも参加できるだろ」

「ありがとうございます」

「話は決まった。では送っていくよ」


車に揺られながら、美紀は二人の関係が第二段階に進んだと感じていた。多分近い将来二人は結婚することになるだろうが今の環境も手放したくない。健一がこちらに来ることが無理なら、当分は別居結婚とまではいかなくても半同居ぐらいから始めるのがいいかもしれない。結婚のカタチは人それぞれ。家族構成が変われば考え方も変わる。きっと時期に応じて一番心地良い形に変化していくのではないか。美紀の思いは健一に分かってもらえるだろうか。健一が美紀の部屋で一週間過ごしたあと、どういう感想が聞けるか気になるところである。

白寿の記憶

大正、昭和、平成と目まぐるしく変わる時代を何とか生き抜いてきた私。そうそう自己紹介をしましょう。私の名前は、今井敏子。今年春に、九十九歳になりました。夫は、今井雄二。義母は今井さとですが、主人の実の母ではありません。さとの夫が病で亡くなったあと、夫の父と懇意であったことから、次男であった雄二の学費を全額持つということで、養子になったのです。つまり私は養子嫁ということになります。まあ、当時は家督を継ぐためにこのような養子縁組は少なくなかったようです。

百歳近くになると、多くの方は、年月とともにこれまでの嫌なこと、悲しかったこと、つらかったことなどは風化して、楽しいことのみ思い出すのではないでしょうか。また、すっかりぼけてしまっていれば、すべてを忘れ、心から平安でいられるのでしょう。私もそうなりたかった。

残念ながら私は、多少忘れっぽかったり、思い出せないことがあったりしますが、年相応以上にはぼけていないため、これまでのことは結構覚えています。そう、楽しかったことも悲しい出来事も、まるで昨日のことのように覚えているのです。多少耳が遠いため、昔のように受け答えがすぐにできないときがありますので、他の方から見れば、ごくごく普通の幸せなおばあちゃんと思われているでしょう。戦争さえなければ、そして、ほどほどにぼけていれば、この年になってまでこんな悲しい思いを背負っていなくてもよかったのに。皆さんには興味がないことかもしれませんが、しばらくお付き合いください。

昭和十八年、私達夫婦は初めての子どもを授かりました。結婚して六年目にやっとできた子です。戦争の影響が色濃くなってきた時代であるとともに、結婚以来、姑の冷たい仕打ちに悩まされた数年間でした。食事中は、姑と主人のお代わりの相手に忙しく、あとで食べようと思っているうちに、お手伝いさんまでがさっさと食事を終わっており、おひつの中には、ご飯はもうほとんど残っていませんでした。風邪で高熱が出ても、医者を呼んでくれるわけでもないので、ふらふらになりながらも一人で病院に行くことになります。それでも家事を代わってくれることなく、次から次へと仕事を頼んできます。そのうえ家族全部の着物の縫い替えも私だけに押し付けてきました。お手伝いさんの中には仕立てがうまい人もいたのですが、その人の仕事を減らしてまで私に回してきたのです。こんな日々が続いていたからでしょうか。ストレスでやせ細り、子どもができる健康状態ではありませんでしたから、まさかできるとは思っていませんでした。今でも、本当に奇跡的に授かったと思っています。

「お義母さん、子どもができました」と、報告したところ、

「そうですか。別に子どもは要らないんですけれどね。まあ、妊娠は病気ではありませんから、家事はこれまで通りやっていただきますよ」

「はい、できるだけこれまで通りやらせていただきます」

嫁は家事をする労働者ぐらいにしか思っていない姑ですから、まあ、当たり前の反応ともいえました。でも、それでも、嘘でもいいから、「おめでとう、よかったね」と言ってほしかった。

臨月になり予定日が近づくと、おなかが一層大きくなり、家事をするのも結構きつくなってきました。でも姑は、「休みなさい」など優しい言葉をかけてくれたり、手伝ってくれたりもしませんでした。お手伝いさんがいることはいるのですが、姑の味方ですから、「お手伝いしましょうか」なんて言ってくれるはずもありません。主人に話して、手伝ってもらうようにできたかもしれませんが、その後の姑の仕打ちを考えると、話しても無駄だったと思います。とにかく、できるところまで自分でがんばるしかありませんでした。

いよいよ出産が近くなり入院することになりましたが、あいにく主人は仕事を休めないため、一人で準備しなければなりませんでした。入院時に持って行くものは前から準備していましたので、押し入れから出すだけでしたが、難問は布団。昔は、今のように病院に何でもそろっているわけではなく、入院するときには布団を持って行く必要がありました。姑が手伝ってくれないのは分かっていましたが、大きなおなかをして二階から布団を下ろすのは、とてもできるものではありません。仕方なく階段を転がして下に落とし、玄関まで持って行くという離れ業をすることに。自分でタクシーを呼んで、荷物を持って外に出ると、運転手さんが見るに見かねて、

「奥さん、私が運びますから、車に乗って待っていてください」と言って、手伝ってくれました。初めての出産で心細いにもかかわらず、何の見送りもなく一人で病院に向かう淋しさは、何ともいえないものです。病院に着くと、運転手さんが中まで荷物を運んでくれ、感謝の気持ちでいっぱいになりました。他人でさえ、このように親切にしてくれるのにと思うと、涙がこぼれてほほを伝ってきました。

「よくがんばって、一人で来ましたね。もう大丈夫、あとは任せてください」という先生の心強い言葉に救われた思いがしました。日頃から先生には我が家の事情を話しており、緊急時にはよろしく頼むと主人からもお願いしていた経緯がありましたので、心配して待ってくださっていたのです。

夜中から陣痛が始まり、翌日、元気な男の子を出産。私の味方が一人増えた気がしました。その日の夜には、主人が仕事帰りに寄ってくれ、わが子との初対面です。

「おい、赤ちゃん、僕がお父さんだよ」と言いながら、慣れない手つきで子どもを抱いてくれました。

「名前を考えないといけないな。いつまでも赤ちゃんだとおかしいからね。退院するまでに考えておくよ。僕は仕事が忙しくて見舞いに来れないが、しばらくゆっくりしているといいよ」

病院での数日間は、先生や看護婦さんに囲まれ、子どものことだけを考え、ゆったりとした気持ちで過ごすことができました。退院したら養生ができないことを先生もご存じでしたので、通常より少し長く入院させていただけたのがとても助かりました。

退院から数日経った日のことです。姑が部屋に来て「敏子さん。赤ん坊がぎゃあぎゃあうるさくて毎日寝不足よ。頭も痛いし。もう我慢の限界です。今日から、しばらくは下で寝てくださいね」と、有無を言わさず二階から下の和室に移されてしまいました。

姑夫婦には子どもがいなかったため、大学生だった主人を養子に迎えたので、子育ての経験がありません。でも、養子を迎えたくらいですから、子どもを好きだと思っていたのが大きな間違いでした。どうやら、今井という名前を継いでくれればよいということだったようです。

「お義母さん、孫が可愛くないのかしら」という私に、

「自分が子育てをしたことがないから分からないのだと思うよ。でも、もう少し大きくなったら、可愛いと言い出すに決まっているよ」と、主人は気にもしない様子でした。

確かに長男はよく泣いていましたが、赤ちゃんは泣くのが仕事ですから仕方ありません。私たちは、姑がゆっくり休めるように、しばらく一階の部屋で過ごすことにしました。

長男はそんなことも知らず、日々成長し、秋にはハイハイをするようになりました。

「お義母さん、ハイハイを始めましたよ。可愛いでしょ」

「おやおや、あちこちうろうろして物を散らかさないよう、ちゃんと見ていてくださいよ」と、姑はにこりともしないで二階に上がっていきました。

夜になって夫が帰宅すると、さっそくそのことを伝えました。

「ねえ、お義母さんは芳雄を一度も抱いてくださらないのよ。本当に嫌いなのね。この子が可哀そうだわ」

「まあ、しょうがないよ。血が繋がっていないのだし、嫌いなものを好きになれと言っても無理だろう。おい、芳雄、ただいま。元気だったかい」といいながら、芳雄を抱き上げ話しかけました。

「あら、にこにこしているわ。きっとお父さんだと分かっているのね」

「仕事が終わって、家に帰ってこの子の顔を見ると、疲れが吹っ飛ぶね。お袋に言ったらにらまれるかもしれないがね」

年が明け、夏になりました。芳雄は一歳になり、伝い歩きでよちよちと家の中を歩き回っていました。姑はいまだに芳雄を抱いたり、あやしたりしたことがありません。私もそんな状態に慣れ、いろいろ言われても気にしないことにしていました。芳雄はますます可愛くなり、親ばかかもしれませんが、利発で、将来が楽しみでした。

そんなある日のことです。芳雄はなんだか元気がなく、ぐったりしていました。おでこを触るとすごい熱です。呼吸もハアハアして苦しそうです。昨日まであんなに元気だったのに。とにかく一刻も早く病院に連れて行かねばと思い、

「お義母さん。芳雄がひどい熱を出していますので、医者に行ってきます」

「はいはい、分かりましたよ。行ってらっしゃい」

熱が出ているというのに心配もしてくれない、と思いながら、芳雄を抱いて近くの小児科に駆け付けました。

診察室で先生にこれまでの経過を話し、芳雄を診ていただくと

「奥さん、坊ちゃんは腸炎になっているようです。抗生物質があればすぐに治るのですが、残念ながら、このご時世ですから、今うちの病院にはありません。どこかで調達できればいいのですが。とりあえず消化剤とビタミン剤を出して

おきますので、飲ませてください。それから、もう一つ大切なことは栄養のある食事をあげることです。戦争中で食べ物がないのは分かりますが、少し栄養失調ぎみです。回復には体力をつけるのが一番ですからね」

「分かりました。何とかがんばってみます」


その日以来、毎日少しでも栄養のあるものを芳雄に食べさせようと、ご近所の農家から食材を分けていただくことにしました。

「あら、敏子さん。そのお野菜とたまごどうしたの」

「はい、お隣から少し分けていただきました」

「まあ、こんなものを芳雄だけに食べさせるなんて。私もおなかが空いているのですよ。こちらに回してくださいよ」と、姑にすっかり取り上げられてしまいました。

そうこうしているうちに、芳雄は元気を取り戻すどころか、ますます体調が悪くなっていきました。

「ねえ。どこかで、ミルクや抗生物質が手に入らないかしら」たまりかねて、私は主人に尋ねました。

「君は闇市で買ってほしいと言っているのだろ。でも僕が法曹界で仕事をしている限り、それはできない。仕事を辞めろと言うことだと分かっているのか」

「分かっているわ。でも芳雄が可哀そうで」

「僕だって、買えるものなら買いたい」

私も主人も、我が子が弱っていくのに、何もしてあげられないのが悔しくてたまりませんでした。そして、十日後、ついに芳雄は、看病の甲斐もなく天国に旅立ったのです。

息子の将来を楽しみにしていたのですが、その夢ははかなく消えていきました。主人もきっと悲しかったとは思いますが、口では「仕方がない」と言ってやせ我慢を張っていました。聞くところによりますと、同僚のお子さんも何人か同じように病気や栄養失調で亡くなったそうです。時代が時代でしたから、これも仕方がなかったと言われればそれまでですが、せっかく生まれた子を育てることができなかったのは、母親にとって、これほど悲しいことはありませんでした。誰を恨むわけにもいかず、一人で心を痛めている日々でした。

「ねえ、敏子さん、芳雄が亡くなって私も残念ですよ。でも本当のことを言うとね、ギャーギャーうるさく泣くことがなくなったからほっとしていますよ」と、姑は悲しみなどみじんも感じていないようでした。主人は、私の悲しみを分かっているのでしょうが、まるで芳雄が存在しなかったかのように芳雄の話をしなくなり、仕事に打ち込むことで気持ちを紛らせているようでした。

その後、戦争がひどくなり、食糧事情もますます悪くなりました。お米を食べられる日も少なく、麦飯やイモ類で代用する日が続きました。配給で得た白米は、主人と姑がほとんど食べてしまうため、嫁の私が食べる分は残っていません。こんな時代がいつまで続くのだろうと思いながらも、空襲警報が鳴るたびに、憎らしい姑をまず防空壕に連れて行く日々が続きました。

昭和二十年夏に広島と長崎に原爆が落とされ、ようやく終戦。主人は所属部署の関係で、進駐軍から取り調べを受けることになり、しばらく帰ってきませんでした。このまま帰ってこないのではないかとの不安でいっぱいでしたが、四月に異動になったばかりということもあったのでしょうか、十日後に釈放されました。帰してもらえたのはよかったのですが、結局は他の同僚ともども公職追放となり、失職してしまったのでした。戦後の混乱の中で民間企業に就職するすべもなく、とりあえずできるのは資格がある弁護士だけです。とはいうものの、看板を上げてもお客がすぐに来るわけではありません。貯えも少なくなり、生活費にも困るようになりました。嫁に来るときに持ってきた着物が、一枚、また一枚と食糧に変わっていきましたが、惜しいとは思いませんでした。だって、主人が無事に帰ってきたのですから。

主人と私は、慣れないながらも自宅前の狭い土地を利用したり、ご近所の土地を少し借りたりして、野菜を作るという自給自足の生活を始めました。二年くらいたった頃だったと思いますが、ようやく少しずつ夫に仕事の依頼が来るようになり、それとともに収入も徐々に増え、何とか安定した生活を取り戻すことができました。

戦後、姑は視力が弱くなり、これまでのように家計を握って、仕事だけを私にさせることが難しくなりました。

「敏子さん。目が見えなくなったので、家計はあなたに渡しますよ。家事もあなたがしてくださいい。お手伝いさんにもそのように言っておきますから。でも、私のことは一番に扱ってくださいよ」

「はい、お義母さん、もちろんです。これまで通り専属のお手伝いさんを付けて、身の回りのことをしていただくようにしますからね」

「よかった。じゃあ、よろしく頼みますよ」

姑はこれまでとは打って変わって、優しい言葉をかけてくれるようになりました。

これも自分の面倒を見てほしいからだ、と思うのは邪推でしょうか。とにかく一家の主婦として、家事全般を任されることになりました。昔は、どこの家でも姑が元気なうちは、家のこと一切は姑が指図して嫁は従うのみでしたが、我が家は特にひどかったと思っています。

戦後二年目に長女が、そのあと二男、三男と三人の子どもを授かりました。まだまだ戦後の復興期で、物質的には豊かではありませんでしたが、子どもたちが伸び伸びと成長できる平和な時代になりました。三人の子どもを育てながらも、いつも私の心の中には幼くして亡くなった長男がいました。「あの子が生きていれば、いいお兄ちゃんになっていただろうに」と思うと、不憫で仕方ありませんでした。

時々、三人の子どもたちに長男の写真を見せながら、

「ねえ、お兄ちゃんはねえ。とても可愛くて、とても頭が良かったのよ」

「ふうん、僕たちより可愛いの。母ちゃんは、お兄ちゃんが一番好きなんだね」

次男は、ちょっぴり、不服そうでした。

「皆、大好きよ。でも、お兄ちゃんのことも覚えておいてほしいの」

子どもたちには、会ったことがないお兄ちゃんの実感は湧かないようでした。私は子どもたちに芳雄の思い出を話しながら、「あなたも同じ兄弟ですよ」と、心の中の長男に伝えたかったのかもしれません。

戦争が終わって半世紀以上たち、ものが溢れ、何でも手に入る世の中になりました。でも、今の子どもたちは、戦争どころか、私たちがどうやって今の豊かな時代を作り上げてきたのかもあまり知らないようです。戦争を知っている人たちもすでに七十歳以上となり、語り部も少なくなりつつあります。最近は、高齢になった戦争体験者が、地域や小学校などで昔の体験を語る機会も増えてきたと聞いています。いま私たちが住んでいるこの場所で、どんなことがあったのかを語り継ぎ、二度と同じことが起こらないように皆で考えることが大切だと感じているからに違いありません。

戦死した方、空襲で亡くなった多くの方のことは語り継がれていますが、芳雄のように、戦時中、十分な手当てを受けられずに亡くなったたくさんの子どもたちがいたことも覚えておいてほしいものです。

私たちの世代が歩いてきた道が、子どもから孫へ、そしてひ孫へと受け継がれることを願っていますが、どうなりますか。

「芳雄ちゃん、あなたが元気で生きていてくれたら、どんなにうれしかったか。きっと弟や妹と仲良くしてくれたでしょうね、もう孫が生まれていたかもしれないわね」芳雄とは、ほんの短い期間しか一緒にいられなかったけれど、いつも私の心の片隅に生き続けています。過去のつらい思い出とともに、これからも忘れることはありません。そう、いつまでもあどけない姿のままで。


玄関に誰かがやってきたようです。

「おばあちゃん、こんにちは。元気ですか」結婚して近所に住む孫の声がします。

「はい、はい。もうすぐひ孫が生まれますね。楽しみですよ」

「うん。生まれたら、連れてくるから、楽しみにしていてね」


私は、今日もにこやかに、何事も達観したような穏やかな顔をして過ごしています。心の中は覗けませんからね。百歳近い私が何を言ってもせんないことですが、子どもや孫、そして、これから生まれるひ孫のことを考えると、昔の悲惨な時代だけは繰り返さないでほしいと願うばかりです。

葦のごとく――昭和の結婚

1

昭和初期のある春の日、優子は、検事の豊治と結婚した。

優子の父も検事であり、父の上司の紹介で豊治と結婚することになったのである。当時は、見合い結婚が当たり前であった。優子は、結婚までに二度、豊治と会っている。最初は見合いの席で、二度目は豊治が出張のついでに実家に寄ってくれたときである。しかし、いずれも両親が同席していたため、二人だけで話したことはなかった。まあ、これも当時ではごく当たり前のことであったので、優子は特におかしいとも思わなかった。結婚式の日に初めて夫の顔を見たという女性も多い中、たった二度とはいえ会ったことがあるというのは恵まれているといえる。

豊治が国立大学出身のエリート検事ということで、安定した生活が約束されているため、両親はこの縁談に乗り気であった。優子は、結婚はもう少しあとでもいいと思っていたが、特に反対する理由もなかったので、親の勧めるままに受け入れていた。当時の結婚は、個人と個人ではなく、家と家との結婚であった。そのため人々は、生活環境、職種、収入などが比較的似ている家庭の人を結婚相手として選ぶことが多かった。

優子の兄も姉もすでに結婚していた。義姉は勤め先の取引先のお嬢さんで、とても気立てのいい女性であった。現在は、勤務地の名古屋で二人で仲良く暮らしている。義兄は父と同様公務員で、判事であった。ただ、姑と同居のためか、姉からは姑がきつくてつらい日々だという手紙が母のところによく送られて来ていた。母は、その手紙を見ては、姉が可哀そうだと泣いていた。優子は、結婚は違った家庭で育ったものが一緒に生活するのであるから、これまでの自分の生活や考え方が必ずしも通るとは思っていなかった。ただ、結婚後はたとえ苦しいことがあっても姉のように、母に泣き言を言うのはやめようと心に誓った。親を悲しませても可哀そうなだけで、何の解決にもならないからである。姉の貴子と違い優子は、子どもの頃から芯が強く、あまり泣き言を言わなかったため、母からは可愛くない娘だと思われていたが、性格だから仕方がない。

結婚式のあとの披露宴がにぎやかに行われていたが、優子は、自分の身内以外はほとんど知らない客ばかり。豊治の家族や親せき、同僚、上司などが主である。尤も父は、知り合いが何人もいるようで上機嫌であった。上司や友人たちの祝辞のあと、席を立ち歓談する姿があちこちで見られた。しばらくすると、優子の父がこちらにやってきた。

「豊治君、娘をよろしく頼むよ」父は、少しさびしそうな顔でそう言った。

「はい、分かりました。良い家庭を作りますのでご安心ください」

父は聞きながら「うん、うん」とうなずき、優子を見てよかったねと言うようにニッコリ笑顔を見せた。

披露宴が終わると、新婚旅行の準備のため、まずは衣装替え。花嫁衣装を脱ぎ、鬘《かつら》を外し、首まで塗った白塗りの化粧を落とし、きれいに洗顔。鬘用にひっ詰めてあった髪をきれいにとき、改めて通常の化粧をし、外出用の着物に着替え、ようやく準備完了。これに比べて男性は簡単である。羽織袴であっても、化粧をしているわけでもちょん髷を結うわけでもなく、単に洋服に着替えるだけでいいのである。豊治は、優子の準備が終わるまで兄や父と話をしていたようである。結婚式のあとはお互い仕事で忙しいため、今度いつ会えるか分からないので、実家の家族との交流にはとてもいい機会であった。

豊治の勤務先である大阪での結婚式であったので、新婚旅行は船で別府を往復することになっていた。大阪の天保山から瀬戸内航路の客船が、毎日夕方出発する。いわゆる新婚旅行の人気コースであった。

「では、行ってまいります」

「豊治君、よろしく頼む。優子、体に気をつけて過ごすんだよ」と父。

「はい、ありがとうございます。では、行ってきます」

「優子さん、旅行から帰ったら、藤本家の嫁としてよろしく頼みますよ」と、義母のたえ。

「はい、よろしくお願いいたします。行ってまいります」

両家の家族それぞれに挨拶をしたのち、豊治と優子は呼んであったハイヤーで出発地の天保山に向かった。

車内で初めて二人っきりになったが、少しぎこちなく間を空けて座っていた。

「優子さん、疲れたでしょう。ゆっくり船旅を楽しんでください」

豊治の優しい声かけに優子は気持ちが和らぐのを感じた。

「はい、ありがとうございます。あの、結婚したのですから、優子さんではなく、優子と呼んでいただけますか。お義母様の手前もありますので」

「そうだね、では、そうしよう。優子、よろしくね」

天保山までは、二十分ぐらいで着いた。港には真っ白な客船が止まっており、すでに乗船手続きが始まっていた。出発まではまだ三十分ほどあった。乗船客が並んでいる列には、新婚旅行に行くカップルも何組か見かけられた。

いよいよ二人の順番となった。

「いらっしゃいませ。藤本様でいらっしゃいますね。船室は二階の中央ですので、そちらの階段をお上がりください」

「ありがとうございます」

カギを受け取り、言われた通り、階段を上がっていった。上がると左右に船室が並んでいた。

「僕たちの部屋は二〇五だから、ここだね」

二人はドアを開けて船室に入った。

「まあ、素敵ね。窓からは海が見えるわ」優子は子どものようにはしゃいでいた。

「気に入ったかい。よかった。荷物はこちらの台の上に置くといいね」

「そうですね。でも、船の中というのにホテルのようですね」

「そりゃそうだよ。船は海に浮かぶホテルといわれているのだから、並みのホテルよりも立派な部屋が多いといわれていますよ」

船室はゆったりしていて気持ちが良かった。

「疲れたでしょう。でも、せっかくだから、少し休んだら甲板に出て瀬戸内海の夜景を楽しみましょう」

「そうですね。せっかくの旅ですから」豊治も優子もまだまだ他人行儀ではあったが、これから一緒に生活することに対して心配はしていなかった。紳士的だし、若手検事として上司の覚えもいいと聞いていたからである。それに背が高く、外見的にもまあまあである。

「さあ。甲板に行こう。カギは僕が持ったから大丈夫です」

「はい」甲板に出ると湿り気を帯びた風が肌にまとわりつく。

すでに甲板には、何組かのカップルが夕焼けに染まった瀬戸内海の景色を見ながら、楽しそうに話していた。島のあちこちに灯がともり始めた。前方に少し大きな島が見える。

「ねえ、あれは何という島でしょうか」

「ええっと、あれは、多分小豆島ですね」豊治は案内図を見ながら答えた。

「小豆島は、オリーブの栽培としょうゆ作りで有名と書いてあります。僕は日本酒を作っているのを見たことはありますが、しょうゆはないですね。優子はどうですか」

「私はどちらも見たことはありませんわ。出来上がったものを使っているだけです」

「まあ、ほとんどの人がそうでしょうね。いずれも発酵食品ですから、時間をかけて仕込んでいくという点では同じだと思いますね。特に酒は寒いときに仕込むので、働いている人は大変だ」

「作っている方のことを思って、感謝しながらいただくようにしないといけませんね。ところで豊治さんは、お酒はお強いのですか」

「いやいや、おちょこいっぱいぐらいしか飲めません。まあ、酒代はかかりませんから、その方が良いかもしれませんね」

「瀬戸内海ってこんなにたくさんの島があるのですね。帰りのときには、お昼の景色が楽しめますね」

「きっと、かなり違った印象になると思いますよ。おや、少し寒くなってきましたね。中に入りましょうか」

「そうですね」

豊治はそっと優子の手をとり、エスコートしながら船内に戻っていった。ドアを入ると、音楽が聞こえてきた。船内のホールでは楽団による演奏が始まっていた。音楽に合わせてダンスを踊っているカップルもおり、何だか別世界の

ようであった、

「すてきな曲ね」

「そうですね。僕はクラシックはあまり知らないので題名は分かりませんが良い曲ですね。少し腰かけて、聞いていきましょうか」

二人は空いている席に座り、心地良い音楽に聞き入っていた。

船では、毎晩、このような音楽会が行われているようであった。優子はこれまで大きな客船に乗ったことがなかったので、新婚旅行で客船に乗れたことはとてもうれしかった。

「これまでダンスは踊ったことありますか」豊治は優子に尋ねた。

「いいえ、でも何だか楽しそうですね」

「僕は少し踊れますから、今度教えてあげましょう」

「はい、楽しみにしていますね」

ボーイが持ってきたジュースを飲みながら音楽を楽しんでいたが、しばらくすると「皆様、本日の演奏はこれで終了です。ありがとうございました」とアナウンス。

「あら、残念ね」

「そうだね。でも、楽しかったよ」

ホールにいた人々は席から立ち上がり、三々五々とそれぞれの部屋に戻っていった。

「僕たちも戻ろう」

「はい」優子は、不安と期待を胸に豊治と共に二階の船室に戻っていった。時刻はすでに十一時を回っていた。

2

午前七時半。今朝は晴天で、海も静かである。豊治と優子は、レストランのテーブルで向かい合って座っていた。ボーイが朝食を運んできた。

「おはようございます。本日の朝食は焼き立てのパンと目玉焼き、それにハムサラダでございます。ごゆっくりお楽しみください」

「まあ、いい匂い。きっとお味も美味しいでしょうね」

「そうだね、僕は和食が好きだけど、たまには、パンというのも良いですね」

「いただきます」

「うん、この焼きたてパンはうまいですね。多分、腕のいいコックが乗っているのでしょう」

「ところで、船は何時に別府に着くのでしたかしら」

「九時だったと思いますよ。食事が終わったら下りる準備をしなくちゃね。今日一泊別府で泊まったら、明日の朝出発の船で大阪に帰ります。帰りはゆっくり瀬戸内海の島々を楽しめますよ」

別府港に着くと、荷物を持って桟橋に下りる。辺りには観光客を待つバスやタクシー、土産物店や飲食店などでにぎわっていた。出口では予約してあったハイヤーが待っていた。

「藤本様ですね。おはようございます。本日ご案内させていただきます山野です。よろしくお願いいたします」

「おはようございます。こちらこそよろしくお願いいたします」

二人が乗り込むと、車は静かに動き出した。

「都会では自然に触れ合う機会が少ないでしょうが、こちらでは自然を満喫頂けます。特に別府周辺は温泉が多いので、いろんな景観が楽しめますよ。まず最初は、由布院岳に向かいます。由布院岳はその美しい姿から豊後富士とも呼ばれ、人気がある観光スポットなんですよ」

説明を聞きながら山並みを眺めていると遠くに由布院岳が見えてきた。

「まあ、本当に富士山みたいにきれいな姿ですね」

「優子は関東にいたことが多いから、富士山は珍しくないでしょう。僕は関西ですから、出張で東京に行ったときしか見る機会がありません。それにしても、いい形をしていますね」

しばらくすると車は広い駐車場に入っていった。

「こちらで少し停まりますのでゆっくりご覧ください」

二人は雄大な由布院岳を眺めたのち、しばらくあたりを散策することに。林の中に入ると、むせかえるような草木の濃厚な香りが辺り一面を覆っていた。優子はゆっくりと深呼吸した。隣では豊治も同じように深呼吸をしている。リラックスした二人は笑顔を交わしながら駐車場に戻った。

「では、これから別府観光のハイライトである地獄めぐりをご案内します。それぞれ特徴があって面白いですよ。途中でお食事処もありますので、お昼を召し上がれます」

「分かりました。観光案内書で読んできましたが、血の池地獄なんてすごい名前もありますね。とにかくここでしか見られないようですから楽しむことにします」

車が地獄めぐりの最初の場所に到着した。ここからはしばらく歩いて回ることになる。

「ここが血の池地獄。硫黄のにおいがきついですね」

「ちょっと苦手です。それに名前の通り、お湯が赤いですね。もうもうと上がっている湯煙もすごい」

「この辺りは1000年以上前にできた地形だそうだが、初めてこの光景を見た人は、さぞ驚いたことでしょうね」

途中で運転手が話していたお食事処の看板がいくつか見えてきた。

「あそこでお昼を食べていきましょうか。大したものはないかもしれませんが」

「はい。そろそろお昼ですからそうしましょう」二人は一軒のお食事処に入り、席に着いた。「なにかお勧めがあるのかしら」壁にはメニューが書かれた木札がかかっている。

「幕の内弁当がありますよ。ここの名物の温泉卵もついていますから、記念にこれにしませんか」豊治の提案に優子はにっこりとしてうなずいた。

食事が終わると、再び順路に沿ってそれぞれの地獄を堪能し車に戻った。


「おかえりなさい。いかがでしたか」

「百聞は一見に如かずと言いますが、火山地帯のすごさを感じました」

「まあ、話のタネにはなると思いますよ。では、最後に湯煙が見える展望台にご案内します。上から見る景色もいいものですよ」

車はどんどん山を上っていく。展望台からは、地獄めぐり一帯のあちこちから湯煙が上がっているのが見え圧巻であった。その後、車窓から景色を楽しんだのち、予約している旅館に到着。

「今日はありがとうございました。おかげで効率よく楽しく観光できました」

「こちらこそ、ありがとうございました。また、機会がありましたらお越しください。失礼します」


その日の宿は、さすが老舗といわれるだけあって、立派な日本建築の旅館であった。

旧家を改装して旅館にしたもので、刈り込まれた木々が漆喰の壁によくなじんで美しい。入り口までは石畳が続いている。玄関の右側には、小さな滝をしつらえた池があり、ししおどしの音が心地よく響いている。周りの岩には苔が覆っていてまるで小さな日本庭園のようである。こげ茶の重厚な引き戸を開けると広い玄関のたたきが現れた。衝立の前には流木に花々をあしらった生け花があり落ち着いた空間の中に華やかさを添えている。奥には普通の家では見られない立派な大黒柱が見える。

「いらっしゃいませ。藤本様でいらっしゃいますね。お待ちしておりました」

「お世話になります。素敵なしつらえに見とれてしまいました」

「ありがとうございます。では、お部屋にご案内いたします」二人はあとについていった。


通された部屋も純和風で、床の間や欄間も凝った造りになっていた。床の間には、掛け軸の前に小さな花が活けられており、茶室を思わせる。磨き込まれた座敷机の上にはお茶の用意がされている。隣は寝室になっているようだ。縁側には籐で編んだ椅子と机が置かれていて、そこから前の庭を楽しめる。

「落ち着いたいいところですね」

「本当に、すてきだわ」

「お客様。夕食は六時からですので、よろしかったら、その前に温泉にお入りになるといいと思いますが。新婚さん用に家族風呂もありますので、どうぞご利用ください」

「せっかくだから、食事前に入りましょうか」

「そうですね」下を向きうなずく。優子の頬はほんのり赤くなっていた。

旅館の浴衣とタオルを持って、温泉へ。初めて二人で入る温泉は、互いをより親密にしていった。優子は、この人と一生添い遂げようと心に誓っていた。

夕食は近海でとれた新鮮な魚貝類をはじめ、目でも楽しめる豪華な料理であった。披露宴ではお色直しに時間がかかりほとんど食べられなかった優子だが、今日は楽しんで食べようと思った。

「二人でゆっくりお食事できるのも今日だけですね。帰ったらお仕事が忙しくて夕食をご一緒できる日も少ないかと思っています」

「そうだね。なるべく早く帰りたいですが、どうしても遅くなる日があると思います。申し訳ないが、仕事柄仕方ないですね。今日は二人で食べられる貴重な時間ですから、大いに楽しみましょう」

「はい、でも全部食べられないかもしれません」

「残ったら僕が食べるから大丈夫ですよ」

「ほんとですか。じゃあ安心していただきます」

3

翌朝、十時、二人は帰路の船上にいた。風も穏やかで良い航海日和である。

「さあ、今日は、瀬戸内海の島々をずっと見ていきましょう。大小様々ですが、結構形が面白いそうですよ」

「私は仙台に住んでいたことがあるので、松島の景観は大好きです。でも瀬戸内海と違い外海ですから、此方より男性的で、荒々しさを感じますね」

「なるほど。優子はお父様といろんなところを回られているので、僕より情報が多いですね。まあ、これからは、僕の赴任先についてきてください。新たな土地での体験が増えると思いますよ」

検事という仕事は転勤がつきものであり、優子は結婚するまで幾多の引っ越しをしてきた。入学までに二回、小学校は三回、女学校が二回、卒業してからは二回である。当時は、地域によって教科書も違えば進み具合も違うため、転校するたびに試験を受けなければならず大変であったが、それも今となっては良い思い出である。ただ、これだけ転勤があると、それぞれの土地で友達はできても、ずっと付き合うというわけにはいかなかった。そのため、今も手紙のやり取りを続けているのはほんの数人程度である。いつも前を向き、新たな挑戦をしてきた優子にとって、これからの転勤は別に不安ではなく、新たな土地を知ることができるという楽しみが先立っていた。

優子にとってのこれからの心配事とは、姑とうまくやっていけるかどうかということであった。豊治の母であるので、一日も早く仲良くなって生活したいと思っているが、結構きつい性格と聞いていたので不安であった。

「豊治さん。私、お義母さんとうまくいくかしら」

「まあ、多少きついところがあるが、よその家とさほど変わらないと思うよ」

「それならいいんですが」

優子の頭に、姉の手紙に母が涙している姿がよぎった。嫁が通らなければいけない関門なのかもしれないが、できることなら、瀬戸内海のようにあまり波風のない生活が送りたいと思っていた。やがて船は大阪の天保山に到着した。

優子は気持ちを引き締め、今日から住む豊治の実家へと向かった。

4

「お帰りなさい。待ってたわよ。さあ、二人の部屋は二階ですから、荷物を持ってあがってくださいね」と、笑顔での出迎え。

「お母さん、ただいま。では、とりあえず荷物を持って行くよ。優子、小さいのを持ってきて」

「はい」と返事したあと、義母たえのほうを向き神妙に頭を下げて言った。「お義母様、今日からよろしくお願いいたします」

「さあ、さあ、堅苦しい挨拶はそのぐらいにして、中に入りなさい」

二人は荷物を二階に運び、お土産を持って一階へ。

「お母さん、まんじゅうを買ってきましたよ。別府の名物らしいですよ」

「あら、ありがとう。お茶でも入れましょうかね。優子さん、手伝ってくださいね」

たえは機嫌良くそういって、台所に向かった。優子にとっては初めての台所、これから少しずつ覚えていかなければならないのだ。

「お茶は、この棚。急須や湯飲みはここです。日常使いはこの棚にありますからね」

「はい、分かりました」

「お義母様、食事に関しては、私は何をすればいいのでしょうか」

「食事は私が女中と作りますから、あなたは掃除、買い物、それに着物の仕立てをお願いしますね。お母さんから仕立てはとてもうまいと聞いていますよ」

優子は、そんなことを母が言っていたとは知らなかった。何が上手なものか、全部私にさせていただけなのに。姉には一枚も作らせなかったのに。これからこの家の着物はすべて私が作るということなのかと、今から気が重くなった。

「いいえ、別に上手なわけではありません。母が忙しかったので、何となく私がすることになっただけですから」と言いながらも思わず瞳が揺れる。

「そうですか。今は私と女中たちで手分けして作っていますが、女中はいつ辞めるかも分からないですし、私も年を取りますから、いずれはあなたがすべてすることになりますからね。もちろん女中が辞めればまた探しますが、すぐに見つかるというわけでもありません」

「分かりました。お義母様からこのうちのやり方を教えていただき、一日も早くお役に立てるようがんばります」

とは言ったものの、これじゃ、嫁は女中代わりということだ。女中との違いは給料を払わなくても働くということであり、この家にとって嫁は体のいい無給の労働力を確保したということなんだと思った。ちょっとうがった考え方かもしれないが、そのぐらいに思っておいたほうがつらくならないだろう。

「まあ、とにかく今はお茶にしましょう。おまんじゅうもあることですからね。そうそう、女中を紹介しておきましょう」とたえは言うと奥の女中部屋に行って、「きみちゃん、よしさん、ちょっとこちらに来てくださいな。嫁を紹介しますから」と声をかけた。

女中部屋にいた二人が茶の間に入ってきた。きみちゃんは中学校を出てすぐ奉公に来たとかで、まだ十六歳。よしさんは長年この家で働いている中年のおばさんだ。

「さあ、此方が今日からうちに来た嫁の優子さんです。いろいろ不慣れだから、教えてあげてくださいね」

「はじめまして。優子です。本日より、こちらに嫁として住むことになりました。何も分かりませんので、よろしくお願いします」

「きみです、よろしくお願いします」

「よしです、よろしくお願いします」

「さあ、二人とも、お土産の饅頭があるから、一つずつもらっていくといいですよ」

「ありがとうございます、私甘いものが大好きです」と笑顔で受け取るきみちゃん。まだまだ子どもだ。どのぐらい家事をこなすのか疑問だが、嫁に行くまで奉公するのが普通だから、これからはいろんなことを教えていかないといけないのだろう。

「では、私たち、失礼します。しばらくしたら夕飯のお買い物に行きますので、よろしかったら若奥様御一緒いたしましょうか」とよしさん。

「そうですね。馴染みの店を覚えて頂きたいので、一休みしたら行ってらっしゃい」

気が付くと、夫の豊治はおまんじゅうが気に入ったのか、すでに二つ目を頬張っている。

「あら、甘いものもお好きなのね」

「僕はあまりお酒は飲みませんから甘党です。特に饅頭には目がなくて、ついつい食べ過ぎてしまいます。そうそう買い物に行ったら、甘いものを買ってきてください。多分女中が店を知っていると思いますから」

「分かりました、寄ってみますわ」


しばらく休憩したのち、優子は女中たちと買い物に出かけた。

「ねえ、よしさん。夕食のお献立は決まっているの」

「はい。焼き魚と豆腐の味噌汁、野菜の煮物が二つです。材料は市場に行って決めますので、特に決まっていません。少し多めに買っておくと叱られることはありません」

「そうなの。料理はほとんどあなたが作るの」

「そうですね。奥様は何か一品作られるぐらいですね。でも、私がお休みをいただいているときはすべてされています。きみちゃんにも手伝わせて料理を教えておられるようですよ」

この女中たちがいれば、優子が料理をする機会はあまりないだろうと思った。優子は実家にいるときも来客が多く接待用の料理をよく作らされていたので、ひと通り、いや、それ以上のことはできる。きっと母は、料理ができることは言わずに縫物上手だけを言ったのだろう。何とか機会を見つけて家事全般を一緒にできるようにがんばってみるしかなさそうだ。そうでないと、結局自分は裁縫専門になるかもしれない。実家での山のような着物を毎日毎日作った光景が脳裏によみがえってきた。頭では分かっていたものの、夫の両親と同居するということは、家計や家事の段取りは姑が決めることで、嫁に選択権や決定権がないということだ。結婚して実家を離れれば、少しはゆっくりとした生活ができると思ったが、どうやらそうでもなさそうだと思った。多少の不安が心をよぎったが、夫が優しい人だから、何とかやっていけるだろう。

ここでハタと気がついた。そうだ、夫の豊治は検事だから、父と同じように転勤族だ。ということは、ずっと同居ではなく、離れて住むことのほうが多くなるはずだ。そう考えると今まで重くのしかかっていた義務感や悲壮感が少し軽くなった気がした。しばらくは同居生活が続くが、その間に藤本家の嫁として覚えるべきことを義母から教えてもらおう。

市場に着くと、馴染みの八百屋、魚屋、肉屋、乾物屋などを回り最後に和菓子屋に行って、甘納豆とおせんべいを買って帰った。

「ただいま帰りました。よしさんにお店を教えていただき、店主にも紹介してもらえよかったです。それに豊治さんが甘いものと言われていたので、甘納豆と甘辛いおせんべいも買ってきました」

「ご苦労様。今日は疲れているでしょうから、夕食まで二階でゆっくりしてくださいな。そうそうご実家から送られた荷物は、明日着くそうですよ」

「ありがとうございます。ではしばらく上にいます。何か手伝うことがあれば仰ってください」

幸い女中たちは気立てが良さそうだから仲良くできそうだ。一日も早く家事のやり方を習い、少しでも気持ちにゆとりができるようにしたい。義母とも仲良くできるように心がけよう。

何事もいい方向に考えることが優子の長所ともいえる。

「豊治さん、今日は夕食までゆっくりしていいそうです。明日からはしっかり主婦として嫁として働きますね」

「無理しないほうが良いですよ。自然体で物事を進めたほうが楽だから。優子は一人ではないんだよ。僕がついているから、いつでも何でも話してください」

「ありがとうございます。よろしくお願いします」

豊治と話していると心に灯がついたように感じる。これからの長い人生、共に歩む間には山あり谷ありかもしれないが、二人なら乗り越えていけるだろう。

しばらくすると、よしさんが「坊ちゃま、若奥様、お食事ができましたよ。下でお待ちしております」と声をかけに来た。

「はい、ありがとうございます。すぐ下ります」

義父はきっと今日も遅いのだろう。明日からは豊治も遅くなりそうだ。今日は二人で過ごせる幸せをかみしめよう。窓際で夕焼けを見ていた二人は、手を取り合いながら軽やかな足取りで食堂に向かった。

小倉敬子（おぐら けいこ）

大阪府堺市出身。川崎市高津区在住。
海外旅行会社勤務、海外駐在を経て、1990年、LET'S国際ボランティア交流会を設立し、国際理解、多文化共生に関わる事業を推進。また、国立音楽大学付属中学校講師、NPO法人市民文化パートナーシップかわさき理事・事務局長、川崎市の自治推進委員会、市民活動推進委員会、子どもの権利委員会をはじめ数多くの審議会委員を歴任。

現在は、（公財）かわさき市民活動センター理事長、文化パートナーズかわさき代表、川崎市社会福祉協議会監事などを担うとともに、各種シンポジウムパネリスト・コーディネーター、大学・区役所・市民館等での講演・講座講師を務める。

著書『ぼく、バグダッドに帰りたい』（文芸社 2002）『昼下がりの紅茶』（文芸社 2012）

白寿《はくじゅ》の記憶《きおく》

2022年12月７日　第１刷発行

著　者　　小倉敬子
発行人　　久保田貴幸

発行元　　株式会社 幻冬舎メディアコンサルティング
〒151-0051　東京都渋谷区千駄ヶ谷4-9-7
電話　03-5411-6440（編集）

発売元　　株式会社 幻冬舎
〒151-0051　東京都渋谷区千駄ヶ谷4-9-7
電話　03-5411-6222（営業）

印刷・製本　シナジーコミュニケーションズ株式会社
装　丁　　大石いずみ

検印廃止

Printed in Japan
ISBN 978-4-344-94249-3　C0093
幻冬舎メディアコンサルティングＨＰ
http://www.gentosha-mc.com/